सम्बन्ध

सम्बन्ध

लिली रे

अनुवाद

विभा रानी

वाणी प्रकाशन

वाणी प्रकाशन
4695, 21-ए, दरियागंज, नयी दिल्ली 110 002
शाखा
अशोक राजपथ, पटना 800 004
फ़ोन: +91 11 23273167 फ़ैक्स: +91 11 23275710
www.vaniprakashan.in
vaniprakashan@gmail.com

SAMBANDH
by LiLee Ray
Translated by Vibha Rani

ISBN : 978-93-5000-822-5
Collection of Short Stories

प्रथम संस्करण
मूल्य : ₹ 200

हर्ष प्रिंटर्स, दिल्ली-110 093 में मुद्रित

वाणी प्रकाशन का लोगो मक़बूल फ़िदा हुसेन की कूची से

अनुक्रम

निरूपमा

खूब सोच-विचार कर पिता ने निरूपमा को वीमेंस कॉलेज में पढ़ाने का निश्चय किया। निरूपमा को जब कॉलेज में दाखिला मिल गया, तब पिता ने स्पष्ट कहा—'आजकल लोग अंग्रेजी दुल्हन चाहते हैं। इसका मतलब यह नहीं कि एकदम से अंग्रेज ही बन जाएँ। इससे बदनामी होती है। एक बार बदनामी हो गई तो अपनी कौन कहे, अन्य किसी बहन की शादी भी दुर्लभ हो जाएगी। हम लोग गरीब-गुरबे हैं। नाम के अलावा और कुछ भी नहीं है अपने पास।'

माँ बोली—'शादी-ब्याह हो जाए और उसके बाद यदि दूल्हा चाहे कि तुम फ्रॉक पहनो तो हम लोगों को कोई आपत्ति नहीं होगी। मगर अभी नहीं।'

निरूपमा एक चोटी बाँधकर, साधारण साड़ी-ब्लाउज और चप्पल पहनकर, अंग्रेजी बोलने वाले वीमेंस कॉलेज में जाने लगी। माँ-बाप का कड़ा अनुशासन था। कॉलेज के किसी भी दोस्त को घर में लाने की मनाही थी। उन लोगों के घर जाना भी वर्जित था। अपने ही वर्ग के पारिवारिक मित्रों के यहाँ आना-जाना था।

निरूपमा को उसकी क्लास की विनी डिसिल्वा ने सबसे ज्यादा प्रभावित किया। विपरीत रहन-सहन के बावजूद दोनों में दोस्ती हो गई। निरूपमा छुपकर विनी डिसिल्वा के यहाँ जाने लगी। विनी के पिता की अच्छी लाइब्रेरी थी। विनी के साथ-साथ निरूपमा भी उसका फायदा उठाने लगी।

लाइब्रेरी में विभूति से परिचय हुआ। विभूति विनी के छोटे भाई को पढ़ाता था। उसके बाद विनी और निरूपमा को भी सहायता देने लगा। निःशुल्क। धीरे-धीरे निरूपमा की गिनती मेधावी छात्रों में होने लगी। पिता ने समझा कि कॉलेज के स्टडी रूम में अतिरिक्त मेहनत करती है।

कॉलेज की सिस्टर्स और मदर को निरूपमा से कोई शिकायत नहीं थी।

विभूति के साथ से निरूपमा का साहस बढ़ने लगा।

एम.ए. पढ़ने के लिए जब निरूपमा यूनिवर्सिटी में गई, तब तक विभूति को बैंक की नौकरी नहीं मिली थी। चन्द माह में ही दोनों इतने नजदीक आ गए कि रोज मिलना दिनचर्या बन गई। प्रेम शब्द उचारे बिना ही, प्रतिपल प्रेम का अनुभव दोनों करने लगे।

विभूति निरूपमा का स्वजातीय नहीं था। लेकिन एक ही प्रान्त का होने के कारण दोनों में कई समानताएँ थीं। खान-पान के अलावा दोनों मध्यवर्गीय परिवार से थे। निरूपमा की तरह ही विभूति के भी अनेक भाई-बहन थे। छात्रवृत्ति और ट्यूशन से विभूति अपना गुजारा करता था।

विभूति सचमुच मेधावी था। रेडियो में सुन-सुनकर उसने अपना अंग्रेजी उच्चारण इतना शुद्ध कर लिया था कि इंग्लिश स्पीकिंग का ट्यूशन भी देने लगा। साधारण स्कूल-कॉलेज के पढ़े, सामान्य परिवार का भारतीय इम्पीरियल बैंक की नौकरी के बाबत सोच भी नहीं सकता था। विभूति ने उसकी परीक्षा दी। पास होकर नौकरी पा गया। साल भर में स्थायी भी हो गया।

निरूपमा बढ़िया अंग्रेजी बोलती थी। पिता को उपयुक्त वर मिल नहीं रहा था। बहुत सारे परिवार पैसे लेने का विचार तो नहीं रखते थे, मगर ओहदे वाले, भरे-पूरे परिवार की कन्या चाहते थे। जो क्लर्क-मास्टर थे, उन्हें पिता नहीं चाहते थे।

निरूपमा को विश्वास था कि पिता विभूति को स्वीकार लेंगे। लेकिन पिता मिलने तक को राजी नहीं हुए। उल्टा विभूति पर दुश्चरित्रता का आरोप लगाकर, उसकी नौकरी छुड़वा देने की धमकी दे डाली। माँ ने पिता का पक्ष लिया। कुछ कम स्तर के ही सही, मगर उसी से शादी कर देने की सलाह दी। पढ़ाई छुड़वा देने के लिए कहा। निरूपमा रोने लगी। एम ए पूरा कर लेने का अनुरोध किया। पिता मान गए। विभूति से न मिलने की शर्त रखी। निरूपमा ने सर झुका लिया। पिता ने इसे सहमति समझ लिया।

विभूति को अपने परिवार से खास उम्मीद नहीं थी। इसलिए उसने अपने परिवार से कुछ भी नहीं पूछा। निरूपमा से भेंट करना भी बन्द नहीं किया। यूनिवर्सिटी में नहीं, विनी डिसिल्वा या अपने बॉस बैंक मैनेजर के यहाँ। निरूपमा की पढ़ाई में वह मदद देता रहा।

अगली ट्रेनिंग के लिए विभूति को विदेश जाने की चिट्ठी मिली तो उसने निरूपमा के साथ रजिस्टर्ड विवाह कर लिया। विनी और बैंक मैनेजर ने गवाही दी। निरूपमा से तुरन्त किसी से कहने को मना कर दिया।

विभूति को बम्बई जाना था। निरूपमा को परीक्षा देनी थी। विभूति जब लौटेगा तो विनी को खबर करेगा। विदा होने के दिन निरूपमा पिता के यहाँ से खाली हाथ निकलेगी और लौटेगी नहीं। दोनों जन पहले बम्बई, फिर बम्बई से विदेश। बैंक मैनेजर पूरा सहयोग दे रहे थे।

किन्तु विधाता को यह मंजूर नहीं था। निरूपमा की परीक्षा समाप्त हो गई। विभूति की कोई खबर नहीं। निरूपमा किसी न किसी बहाने यूनिवर्सिटी चली जाती। विनी को फोन करती। विभूति का कोई समाचार नहीं। पिता साथ जाते।

निरूपमा लाइब्रेरी से किताब लेती। थोड़ी देर बैठकर नोट बनाने का भान कराती। बिना फोन किए ही लौट आती। किसी-किसी दिन लोगों के विचार जानने के लिए पिता परीक्षा में भी चले जाते। निरूपमा का कोई दुर्नाम नहीं सुनते। विभूति की कोई चर्चा नहीं सुनते। नौकरी के बाद लोग उसे यूनिवर्सिटी में नहीं देखते थे। हाँ, निरूपमा आती थी। लाइब्रेरी में पढ़ती थी। पढ़ने का उसे व्यसन था।

पिता आश्वस्त हो जाते। सन्देह का कोई कारण नहीं मिलता। तनिक लज्जित होकर कुछ दिनों के लिए जासूसी छोड़ देते।

डेढ़ महीने बीत गए। विभूति की कोई खबर नहीं मिली। निरूपमा बैंक में फोन लगाती तो जवाब मिलता कि छुट्टी पर हैं। बैंक मैनेजर की पत्नी से उसका कोई खास परिचय नहीं था। इसलिए वह उनके घर नहीं जाती थी।

सहेलियों के साथ सिनेमा के प्रोग्राम का बहाना बनाकर निरूपमा बैंक मैनेजर के घर गई। मैनेजर साहब की पत्नी ने कहा—'विभूति तो बीमार है। तुम्हें पता नहीं?' निरूपमा ने गर्दन झुकाकर अस्वीकृति में सर हिलाया। मैनेजर साहब की पत्नी ने सहानुभूतिपूर्वक निरूपमा के कन्धे पर हाथ रखकर कहा—'काफी सीरियस है। जिम होते तो डिटेल में कहते। मगर वे टूर पर हैं। तुम अपना पता दे दो। जिम के आने पर मैं तुम्हें विस्तार से खबर भिजवा दूँगी।'

निरूपमा ने अपना पता लिखकर दे दिया। घर लौटने की इच्छा नहीं हुई। बड़ी देर तक लॉन में चक्कर काटती रही।

घर लौटी तो माँ बेचैनी से बाट जोह रही थी। तेज स्वर में पूछा—'सारा सिनेमा आज ही देख लेने का प्रोग्राम था क्या?'

'मतलब?'

'मतलब क्या? शो खतम होने का यह समय है?'

निरूपमा कोई जवाब दिए बगैर अपने कमरे में चली गई। तकिये में मुँह घुसाकर रोने लगी।

उस दिन इतवार था। पिता बाहर बरामदे में माँ के साथ राय-मशविरा कर रहे थे। निरूपमा की शादी के बाबत। योग्य वर की तलाश में सम्बन्धियों, मित्रों को चिट्ठी लिखते। उन लोगों के उंत्तर पढ़ते। उसी समय बैंक का चपरासी साइकिल से पहुँचा। निरूपमा के नाम की चिट्ठी थी। अपना नाम सुनकर निरूपमा दौड़कर बाहर आई। लपककर पिता के हाथ से चिट्ठी ले ली। पिता अचकचा गए। कुछ कड़वी बात बोलने ही जा रहे थे कि चपरासी पर नजर पड़ी।

'मैं जाऊँ?' चपरासी ने पूछा।

'हाँ, हाँ। बड़ी मेहरबानी।' स्वर को यथासाध्य नरम बनाकर पिता बोले। निरूपमा से कैफियत लेने भीतर गए। निरूपमा का चेहरा देखकर साहस नहीं हुआ। निरूपमा विह्वल स्वर में बोली—'मैं आज ही झटकी जाऊँगी। आप खर्चा

नहीं देंगे तो भीख माँगकर जाऊँगी।'

'क्यों?'

'विभूति को टी बी हो गई है। सेनीटोरियम में है।'

माँ भी आ गई। निरूपमा के हाथ से चिट्ठी लेकर पिता को देखा। पिता पढ़कर मलिन स्वर में बोले—'गैलॉपिंग टी बी।'

'इसमें तो शायद कोई बचता भी नहीं...।'

'खबरदार! ऐसी अशुभ बात मुँह से मत निकालिए।' माँ का मुँह अपने हाथ से बन्द करती निरूपमा चीखी।

माँ-बाप दोनों स्तब्ध हो गए। पिता ने माँ से पूछा—'क्या किया जाए? क्या कर सकते हैं? खुद नहीं देंगे तो किसी और से माँगकर चली जाएगी। तब तो और भी जग-हँसाई होगी। सभी समझ जाएँगे।'

पिता खुद ही उसे सेनीटोरियम पहुँचा आए।

उस दशा में भी निरूपमा को देखकर विभूति मुस्कुरा उठा। अपनी माँ से कहा—'यह मेरी एक छात्रा है—निरूपमा। आप इनके पिता हैं?'

पिता ने स्वीकृति में सर डुलाया। विभूति नें उनके पैर छूकर प्रणाम किया। पिता मन ही मन अनुगृहीत हुए।

जितने दिन विभूति जिन्दा रहा, निरूपमा वहीं रही। सेवा में हाथ बँटाती रही। एक दिन एकान्त पाकर विभूति ने निरूपमा से कहा—'अब हम लोग अपने विवाह की सूचना किसी को भी नहीं देंगे। विधाता की इच्छा मानकर सब कुछ भूल जाएँगे।

निरूपमा रोने लगी।

विभूति ने निरूपमा का हाथ पकड़कर कहा—'विश्वास था कि विदेश से जब समाचार दूँगा तब दोनों परिवार अवश्य स्वीकार कर लेंगे। मगर मृत्यु पर किसका वश! फिर भी सन्तोष है कि जितने दिन जिया, अपने मन से जिया। अपने साध्य को कभी शिथिल नहीं होने दिया। असीम आनन्द की अनुभूति हुई, जब से तुम मिली। इसके लिए मैं भगवान को हृदय से धन्यवाद देता हूँ। तुम भी हँसी-खुशी रहने की कोशिश करना। जीवन एक ही मिलता है। मेरा इतना अनुरोध रखोगी न?'

निरूपमा और जोर-जोर से रोने लगी। विभूति की आँखें भी गीली हो गईं। माँ आई तो वह भी रोने लगी।

विभूति की मृत्यु के बाद निरूपमा लौट आई। रिजल्ट आ चुका था। वीमेंस कॉलेज में तात्कालिक काम ले लिया।

विभूति की मृत्यु कहें या निरूपमा की नौकरी, माँ-बाप के व्यवहार में नम्रता आ गई। उन लोगों को लगता, जैसे निरूपमा उनसे घृणा करती है। इसे सहने में

कष्ट होता। मगर इन सबके बावजूद इन लोगों ने निरूपमा के ब्याह की उम्मीद छोड़ी नहीं थी। दो-तीन जगह से खबर आई, फोटो सहित।

माँ ने फोटो दिखानी चाही। निरूपमा ने नहीं देखा। माँ रुआँसी होकर बोली—'फोटो देखने में क्या हर्ज है? अखबार में इतनी सारी फोटुएँ निकलती हैं, उन्हें देखती हो कि नहीं?'

'ये फोटुएँ ब्याह के लिए हैं। मैं न तो फोटो देखूँगी, न ब्याह करूँगी।'

'लोग क्या कहेंगे?'

'क्या कहेंगे?'

'बेटी को कुँवारी रख छोड़ा है, उसकी कमाई खाने के लिए।'

'मैं यहाँ नहीं रहूँगी जिससे कि आप लोग कमाई खाएँ।'

'नहीं रहोगी?'

'दूसरी जगह नौकरी करूँगी।'

'कहाँ?'

'कहीं भी। अभी तय नहीं हुआ है। इतना तय है कि यहाँ नहीं रहूँगी।'

'अकेली? मैं समाज को कौन सा मुँह दिखाऊँगी? बिना ब्याह के ही...'

'तुम्हारे समाज में मुझसे बड़ी उम्र की भी बहुत सी लड़कियाँ बिन-ब्याही हैं।'

'वो तो इसलिए कि सुपात्र नहीं मिल रहा है। धनाभाव...'

'तुम लोग भी कोई धनाढ्य नहीं हो। मुझसे अंग्रेजी में बात करने से वर पक्ष तुम लोगों से कुछ माँग नहीं करेगा, इसीलिए तुम लोगों ने मुझे वीमेंस कॉलेज में पढ़ाया न?'

माँ चुप हो गई। डर के मारे पिता ने भी बात आगे नहीं बढ़ाई। निरूपमा अब आत्मनिर्भर थी। अपनी बेटी पर गर्व था। उसके साथ-साथ भय भी...'

निरूपमा यह सब समझती थी।

निरूपमा घर से दूर नौकरी करने लगी। अपने अन्तस को एकदम बन्द कर लिया। बाहर के काम में खुद को झोंक दिया।

देश स्वाधीन हुआ तो औद्योगीकरण का विस्तार होने लगा। विभिन्न विभाग बनने लगे। देश के विभिन्न राज्यों में। निरूपमा भी घूमने लगी। एक राज्य से दूसरे राज्य। बीच-बीच में विदेश। सर्टीफिकेट का पुलिन्दा मोटा होने लगा।

केवल काम। किसी से कोई भी व्यक्तिगत सम्बम्ध नहीं। कोई उपकृत व्यक्ति भावावेश में यदि दोस्ती करने को हाथ बढ़ाता तो निरूपमा घबड़ा जाती। बड़ी कुशलता से छिटक जाती। आन्तरिकता का आभास पाती तो अपने तबादले की कोशिश करने लगती।

जंगलों को काटकर कारखाने बने। काम करने के लिए लोग आए। परिवार बढ़े। समाज बना। समाज की आवश्यकताओं के अध्ययन हुए। पूर्ति करने

का क्रम चला।

निरूपमा इस काम में प्रवीण हो गई थी। अथक प्रयास से सब्जी के हाट, को-ऑपरेटिव दुकानें और अन्त में बच्चों के लिए कॉन्वेंट भी खुल गए। लोग गद्‌गद हो उठे। निरूपमा ने अपने उद्‌गार व्यक्त किए। निरूपमा का अन्तस् सिहर उठा। कॉन्वेंट की ननों ने भी कृतज्ञता प्रकट की। मदर सुपीरियर ने अपने देश के बने साटिन बटुए में एक शीशी सेंट उपहार में दिया। मधुर स्नेहिल भाषा में आशीर्वाद देने लगी तो बनावटी नहीं लगा। निरूपमा का अन्तस् काँपने लगा। मदर सुपीरियर बूझ गईं। हठात् चुप हो गईं। तनिक सोचकर पुनः बोलीं—प्रभु यीशू तुम्हें शक्तिमान बनाएँ।'

निरूपमा को अब वह जगह असह्य लगने लगी। अपना तबादला करवाकर निश्चिन्त हुई। घनिष्ठता का स्पर्श मात्र भी मन को पिघलाने लगता। इसलिए उससे दूर ही रहती। हारी-बीमारी में कोई देखने आता तो नौकर से 'डॉक्टर ने मना किया है', कहलवाकर बाहर से ही लौटा देती।

निरूपमा का व्यक्तित्व ऐसा बन गया कि लोग उसके पास जाने की कोशिश नहीं करते। माया-मोह पनपने से पहले ही बदली भी हो जाती। लोग श्रद्धा और विस्मय से निरूपमा की निष्पक्षता, दक्षता की चर्चा दीर्घकाल तक करते रहते।

सहकर्मीगण निरूपमा को अत्यन्त चतुर समझते। उच्चस्थ अधिकारीगण उसकी तुलना भावनारहित मशीन मानव से करते। लेकिन प्रमोशन के समय कोई भी उसे अयोग्य नहीं ठहराता।

प्रत्येक प्रमोशन पर निरूपमा का परिवार गौरवान्वित होता। अपने बन्धुवर्ग में निरूपमा की उपलब्धि का बखान करते। निरूपमा के पास कुछ बोल नहीं पाते। पिता तक को निरूपमा के सामने संकोच होता।

शुरुआत में माँ सशंकित हो जाती। घुमा-फिराकर मर्यादा के विरुद्ध कुछ न करने के संकेत देती। समर्थ बेटी का अकेले रहना खटकता। अपने पति या किसी बेटे को लेकर बेटी के पास पहुँच जाती। निरूपमा कोई भी भाव प्रकट नहीं करती।

माँ दिन भर टाँय-टाँय करती रहती। घर के काम-काज के लिए नौकर था। निरूपमा के अपने काम के लिए आया थी। माँ के लिए कोई काम नहीं था। अड़ोस-पड़ोस में निरूपमा का किसी से ऐसा कोई लगाव था नहीं कि वे सब आकर गप-शप करतीं। ऑफिस से लौटने के बाद निरूपमा सीधा अपने कमरे में चली जाती। नहाने-धोने के बाद खाना खाती। माँ को इतनी जल्दी खाने की आदत नहीं थी। फिर भी बैठ जाती। बातचीत शुरू करती। निरूपमा हाँ, नहीं, अच्छा में जवाब देती। खाना खाने के बाद अपने कमरे में चली जाती। एक दिन माँ ने झाँक कर देखा। निरूपमा तन्मय होकर अपनी फाइल या किताब पढ़ रही थी। माँ को टोकने की हिम्मत नहीं पड़ी।

माँ ऊब जाती। ले जाने के लिए चिट्ठी लिखती। पति या बेटा आकर ले जाते। कुछ महीने बीतने पर माँ फिर से सशंकित होने लगती। फिर कोई पहुँचा जाता। फिर कोई ले जाता।

किसी को कोई आशंका नहीं थी। लेकिन आना-जाना लगा ही रहता। निरूपमा की बदली जगह-जगह होती रही। बाल-बच्चे नई जगह देखने के लिए ललक उठते। पोते-पोती, नाती-नातिन, जिनका भी प्रोग्राम बनता, वे माँ को पकड़ते। माँ सहर्ष राजी हो जाती। निरूपमा के यहाँ अब पहले की तरह अकबकाहट नहीं लगती। बच्चों के साथ हफ्ता-दस दिन घूम-फिरकर, मनोरंजित होकर लौट आती। निरूपमा की शादी नहीं हुई, इसका कोई अफसोस अब नहीं था माँ को।

कोई आए, कोई जाए, निरूपमा अपनी दिनचर्या नहीं बदलती। मेहमानों को उसकी भेंट सुबह के नाश्ते पर या रात के खाने के समय ही हो पाती।

देर शाम को लौटती। साथ में गट्ठर भर फाइल। सीधा अपने कमरे में चली जाती। स्नान, योगाभ्यास के बाद भोजन के लिए निकलती। भोजन के बाद फिर से अपना कमरा।

मेहमानों के लिए ड्राइंगरूम में रेडियो, रेकॉर्ड प्लेयर आदि रहते। मेहमानों को उसे बजाने की छूट थी। वे सब अपनी पसन्द के रेकॉर्ड खरीद लाते। माँ निरूपमा से सिफारिश करती। निरूपमा चुपचाप दाम दे देती।

निरूपमा के अपने कमरे में ट्रांजिस्टर और टेपरेकॉर्डर थे, जिन्हें वह खुद सुनती। निरूपमा के कमरे में कोई नहीं जाता। अनुपस्थिति में ताला रहता। बच्चे उन्हें बुआ, मौसी आदि के बदले डी. साहेब कहते। निरूपमा अब डायरेक्टर के पद पर थी।

मीटिंग में काम की बातचीत के बाद लोग-बाग खुद अपनी बातें भी करने लगते। निरूपमा चुपचाप सुनती। उसकी व्यक्तिगत समस्या कोई नहीं सुनता। किसी को कुछ पूछने का साहस नहीं होता। एक दिन एक नए सदस्य ने हठात् पूछ लिया—'आपने मकान कहाँ बनवाया है?'

'कहीं नहीं।'

'अरे!' सभी चौंक गए।

'अब देर नहीं करनी चाहिए। कहाँ बसने की इच्छा है?'

'अभी कुछ तय नहीं किया है।'

चेयरमैन ने कहा—'कहीं पर भी अपना मकान जरूर बनवा लीजिए, वरना रिटायरमेंट तक सम्भवतः ऋण शोध नहीं हो सकेगा।'

'हाँ, बाद में यदि कोई दूसरी जगह पसन्द आ गई तो मकान बेचने में देर ही कितनी लगती है?'

'अभी लोन लेंगी तो टैक्स में काफी रियायत मिलेगी।'

'आप तो धनवान हैं। हम लोगों की तरह खर्च ही खर्च...'

'उससे क्या? बचत तो बचत है। खामखाह उसे टैक्स में डुबोना बुद्धिमानी नहीं है। पिछले वर्ष मुझे...और इसके बाद सभी अपने-अपने टैक्स के बचत खर्च की चर्चा में डूब गए।

चाय-पानी के बाद मीटिंग समाप्त हुई। निरूपमा अपने ऑफिस आई। टेबल पर इन्श्योरेंस की चिट्ठी रखी हुई थी। अगले साल मियाद पूरी हो जाने की सूचना थी। नौकरी मिलने के बाद ही यह पॉलिसी ली थी। एजेंट रस्सी लेकर पीछे पड़ गया था। उससे पीछा छुड़ाने के लिए पॉलिसी लेनी ही पड़ी थी। कितने दिन हो गए इस बात के भी?

काम से छुट्टी मिल जाएगी तो कहाँ रहेगी निरूपमा? समय कैसे कटेगा? निरूपमा ने यह सब सोचना नहीं चाहा। काम में भी मन नहीं लगा। उठ गई। मन में एक अनचाहे आन्दोलन का अनुभव किया। आज लम्बे समय तक योगाभ्यास करेगी। अँधेरे में।

ड्राइंगरूम में जोर से रेकॉर्ड बज रहा था। माँ फिर से आ गई क्या? कितने लोगों के साथ? निरूपमा थोड़ी देर तक गाड़ी में ही बैठी रही। किसी से बातचीत करने की इच्छा नहीं हो रही थी। वह शक्ति जुटाने लगी।

ड्राइंगरूम में निरूपमा के एक भाई की दो बेटियाँ, दूसरे भाई का एक बेटा, दो बहनों के दो बेटे और एक अपरिचित किशोर रेकॉर्ड के संगीत पर नाच रहे थे। माँ प्रसन्नचित्त होकर देख रही थी।

निरूपमा को देखकर सभी खड़े हो गए। एक ने रेकॉर्ड बन्द कर दिया।

'आज जल्दी आ गई?' माँ बोली।

'यह है मेरा दोस्त, किशोर!' एक भतीजे ने उस अपरिचित युवक का परिचय दिया।

'अभी यही रहेगा तुम्हारे यहाँ। बाकी सभी हॉस्टल में।' माँ बोली।

हम लोग इन्टर स्कूल फेस्टिवल में आए हुए हैं।

प्रोग्राम के बाद सभी आएँगे। यहीं रहेंगे। अभी किशोर जाकर अपना पास ले आएगा। माँ ने खुलासा किया।

'ओ! मुझे भी कार्ड आया है।' सन्दर्भ समझकर निरूपमा बोली।

'आपका तो वीआईपी कार्ड होगा।' एक बहन-बेटी ने सराहना भरे स्वर में कहा।

'ट्रेन में टीचर्स के साथ नानी की ऐसी दोस्ती हो गई कि उन लोगों ने नानी का भी नाम लिख लिया।'

'बीस लोगों का ग्रुप है। पूरे रास्ते हँसते, बोलते, गीत गाते...बारात की तरह...' माँ उल्लास से भरी हुई थी।

'दादी ने भी गीत गाया।'

'कोई माना ही नहीं तो क्या करती?' माँ हँसने लगी।

'बुआ को बताया कि किसमें भाग ले रहे हो?' माँ ने अपनी एक पोती से पूछा।

'डिबेटिंग में।'

'यह तुम्हारी ही तरह बनना चाहती है। हर साल फर्स्ट आती है।' दूसरे ने कहा।

'मैं कभी भी फर्स्ट नहीं आई।' निरूपमा बोली।

दूसरे ने अकबकाकर माँ की ओर देखा। तब तक टेम्पो आ गया। माँ के अलावा बाकी सभी चले गए।

निरूपमा ने माँ से कहा—'तुम इन लोगों के सामने मेरी झूठी तारीफ क्यों करती हो?'

'मैं कुछ नहीं कहती हूँ। वे लोग ही मुझे कहते हैं। सबको साध है तुम्हारे जैसा बनने की।'

'मैं नहीं चाहती कि कोई मेरे जैसा बने।'

'क्यों?'

'मुझमें है ही क्या?'

'क्या नहीं है?'

'मैं डरपोक हूँ। अपने लिए साहस नहीं है मुझमें।'

'एह!'

'यदि साहस रहता तो मैं अपने को यूँ अभेद्य नहीं बना लेती। सभी की तरह मैं भी हँसती-बोलती। हो सकता था कि फिर से वैसे ही उन्मत्त प्रेम में पड़ जाती। फिर से उसी उत्कट आनन्द की अनुभूति होती।'

माँ का मुँह आश्चर्य से खुल गया। निरूपमा अपनी माँ की अचरज से फटी आँखों में अपनी आँखें गड़ाकर बोली—'क्या है मुझमें? एक उस्सठ, नीरस, एकफुटी इन्सान बनकर रह गई हूँ मैं।'

भागवन्ती

गोपाल ने स्कूल से आकर अपना बस्ता यथास्थान रखा। हर दिन की तरह आज भी उसकी दादी ठोंगे (कागज के लिफाफे) बना रही थी। हर दिन की तरह आज भी गोपाल से कहा—'पहले धनिए का पानी पी लो। कण्ठ सूख रहा होगा। पढ़ुआ बच्चों के लिए धनिए का पानी फायदेमन्द होता है।'

दादी को किसी ने कहा था कि धनिए का पानी पीने से दिमाग की शक्ति बढ़ती है। इसलिए वह रोज गोपाल और उसके भाई गोविन्द के लिए धनिया भिगो देती।

गोपाल धनिए का पानी पीकर चाय बनाता। दादी अपने बनाए ठोंगे समेटती। मूढ़ी (मुरमुरे) और मकई के लावे पहले ही भून लेती।

फिलहाल घर में गोपाल और उसकी दादी थी। दो लोग ही थे। गोपाल की माँ दुकान पर बैठने के लिए चली जाती, ताकि गोपाल का बाप दादी के बनाए मूढ़ी लावे के पैकेट खोमचे पर रखकर बेच सके। गोविन्द इस समय टाइपिंग सीखता। उसकी फीस दादी देती।

चाय सुड़कते हुए दादी गोपाल को सुनाती—'तुम्हारे दादा को बहुत शौक था कि पोता ऑफिस में बड़ा बाबू बने। खुद चले गए, मगर मैं तो हूँ। जब तक यह देह साथ देगी, उसका मनोरथ पूरा करने की कोशिश नहीं छोड़ूँगी।'

दादी खूब स्वाद ले-लेकर चाय पीती। बीच-बीच में आँखें मूँदकर पुरानी बातें याद करती। फिर बोलने लगती—'जब बुढ़वा (पति के लिए एक सामान्य सम्बोधन) ने चुमावन कर लिया, तब बेटे की ओर नहीं देखता। हरदम बहू की ओर ही। सौतेली माँ ने जब अति कर दी, तब तुम्हारे दादा घर छोड़कर भाग गए। तीन साल तक लापता। कोई खबर नहीं। मेरे माँ-बाप दूसरा घर देखने लगे। तब तक तुम्हारे दादा हाजिर। मेरे बाप से कहा—'देह छोड़कर मेरे पास कुछ भी नहीं है। अब आपका जैसा विचार।'

मेरे बाप ने कहा—'देह के लिए कौन टिका है इस दुनिया में? यही कौन सी रानी पद्मिनी बनी बैठी है? यहाँ भी खटती है तो खाती है, वहाँ भी खटेगी। तब बात केवल यही है कि आप रहते बहुत दूर हैं। उतनी दूर से तो लाना-बुलाना

असम्भव है। इसलिए देखभाल में कोई कोताही न हो।'

इन्होंने कहा–'जब दो प्राणी ही रहेंगे, तब संगी-साथी, माँ बाप, बाल-बच्चे सब कुछ खुद अपने दोनों को ही बनना पड़ेगा। जहाँ तक अपनी सामर्थ्य होगी, दुखी नहीं होने दूँगा।' सो निबाहा तुम्हारे दादा ने। सोने सरीखे बच्चे हुए, मगर पालने-पोसने का सुख नहीं दिया महाकाल ने। किसी ने दो, किसी ने तीन तो किसी ने पाँच पूरा होने के पहले ही आँखें मूँद लीं। मेरा कलेजा फट-फट जाता। तुम्हारे दादा के मुँह से बोली नहीं फूटती। फिर भी, अपने में समेटकर मुझे सँभालता। बच्चों की तरह दुलारता। रुँधे गले और काँपती बोली से भरोसा दिलाता–'इतना मत रोओ। जो है, उसकी ओर देखो। महाकाल की दया से इसी से सारे अरमान पूरे होंगे। चुप हो जाओ अब, मेरी भागवन्ती!'

दादी की आँखों से आँसू झरने लगते। हर बार यह बात सुनाते समय दादी रोती। तब गोपाल उसे दूसरी बात याद दिला देता –'तुम्हारे आने के थोड़े दिन बाद दादा को कुलीगिरी से छुटकारा मिल गया था न?'

दादी सिर झुकाकर स्वीकारती। साड़ी के छोर से आँखें पोछती। ग्लास में बची चाय खतम करती। अपने और गोपाल के जूठे ग्लास धोती।

गोपाल ठोंगे गिनकर बण्डल बनाता। सुबह स्कूल जाते समय घूरा मियाँ के यहाँ पहुँचाना उसकी जिम्मेदारी थी। ठोंगे का बण्डल स्कूल के बस्ते के पास रखता।

उसके बाद शुरू होता पॉलिथिन पैकेट में मूढ़ी और लावा भरकर उसे सील करना, जिसे दूसरे दिन इसी समय गोपाल का बाप बेचता था। ठोंगे और भूँजे की आमदनी दादी को मिलती। इसे छोड़कर दादी कभी भी किसी भी जमा खर्च में हस्तक्षेप नहीं करती।

मोमबत्ती लगाने में दादी के हाथ सधे हुए थे। न तो एक भी पैकेट गलता और न ही काला होता, न ही कच्चा रहता। दादी दोनों छोरों के बीच से मोमबत्ती की लौ सटाती और गोपाल दोनों को सटाकर अपनी उँगली से दबा देता। पैकेट तुरन्त सील हो जाता।

बातचीत चलती रहती।

'मैं आई तो घर में भूँजा भूँज देती। वे कचहरी के पास खोमचा लगाते। दाम कम रखते। दनादन बिक जाता। मुझे भागवन्ती कहने लगे। बाद में तो चौक पर भी बेचने लगे। शाम के समय चना, चबेना, लेमनचूस, बिस्किट भी। फिर तो दुकान भी हो गया। तब तक तुम्हारा बाप बड़ा हो गया था। उसी को दुकान पर बिठाता और खुद खोमचे पर भूँजा बेचता। सब कुछ तो याद भी नहीं है। बेटे के लिए रिश्ता तय करने गया तो तुम्हारे नाना से कहा कि–'राजा-महाराजा तो नहीं हैं। मगर खाने-पहनने के लिए आपकी बेटी को कभी भी कुटिया-पिसिया नहीं

करना पड़ेगा। महाकाल की दया से इतना है।'

दादी ने गर्व से माथा ऊँचा करते हुए कहा –'और मुझे क्या कहा, सो बताऊँ?'

गोपाल ने स्वीकृति में सिर डुलाया।

'मुझे कहा कि अच्छी सास अपनी बहू से छह माह तक पानी नहीं भरवाती है।'

'सो तो तुमने कभी भी पानी नहीं भरवाया।'

दादी हँसने लगी। बोली–'कैसे भरवाती? तुम लोगों को आने की ऐसी उतावली थी कि बस! बिचारी कभी खाली ही नहीं रही। एक पेट में, एक गोद में। उसके बाद तुम्हारा बाप पाइप खरीद लाया। मेरा भी पानी भरना तब छूट गया।'

गोपाल के बाप ने अल्काथिन पाइप रखा हुआ था। बाहर कतार में जब उसकी बारी आती, तब वह नल के मुँह में पाइप लगाकर, दूसरे सिरे को घर के भीतर ले आता। जिस दिन नल में ज्यादा पानी रहता तो सबके भर लेने के बाद रात में फिर से पाइप लगा देता। खाली कनस्तर, बाल्टी वगैरह फिर से भरकर रख लेता। उसके बाद यदि तीन दिन तक भी नल सूखा रहता तो भी गोपाल के घर का काम-काज चलता रहता।

गोपाल को सब कुछ मालूम था। फिर भी दादी के मुँह से सुनना अच्छा लगता। दादी की सारी बातें गोपाल ने एक बार नहीं, अनेकों बार सुनी हुई थी, फिर भी दादी की सारी बातें रुचि ले-लेकर सुनता था। केवल एक बात गोपाल को नहीं रुचती।

जिस दिन दादी की लड़ाई गोपाल की माँ से होती, उस दिन गोपाल को दादी की बातें अच्छी नहीं लगती।

चाय सुड़कते हुए दादी कुड़कुड़ाने लगती–'माँ-बाप तो कहते थे अवगुनिया। तुम्हारे दादा ने नाम दिया–गुनबन्ती। सो जब बन्ती बन गई तब लोगों को काहे के लिए कुछ समझेगी। बन्ती बनाकर खुद तो चला गया। भोग रही हूँ मैं। एक दिन बड़की को भूँजा भूँजने का शौक हुआ तो कैसे तुम्हारी माँ ने मुझे टिटकारा था? याद है?'

गोपाल को याद था, मगर वह चुप ही रहा।

दादी गोपाल से कहती–'मैं हूँ देहाती। तो क्या इन्सान नहीं हूँ। बता, तू ही बता। मैं क्या हूँ?'

'इन्सान।' गोपाल को बोलना ही पड़ता।

दादी को अच्छा लगता। समझाने के स्वर में बोलती–'देहाती थी, इसीलिए तो तुम्हारे दादा दुकान ले सके। उसी दुकान की आमदनी से आज स्वेटर बुनने की मशीन खरीदी गई। बाप ने नहीं दिया था। दिया था? तू ही बता।'

'नहीं।'

'मैं कहती हूँ कि भूँजा में स्वेटर से लाख दर्जा पैसा कम है, मगर आमदनी तो है न? है कि नहीं?'

'है।' गोपाल को बोलना ही पड़ता।

गोपाल की माँ के पास स्वेटर बुनने की मशीन थी। उससे अच्छी आमदनी होती। गोपाल की तीनों बहनों ने भी मशीन पर स्वेटर बुनना सीख लिया था। जब शादी हुई, तब बाप ने सभी को सेकेण्ड हैण्ड मशीन दिया था। कहा था–'हथखर्चे के लिए हाथ नहीं फैलाना पड़ेगा।'

जूठे ग्लास माँजते-माँजते दादी ठमक जाती। हाथ डुलाती बोलती–'हूँ मैं देहाती। मगर कभी किसी के आगे हाथ पसारा क्या? तू ही कह।'

'किसी के आगे नहीं।'

'मैं कभी किसी दुकानदार से हील-हुज्जत करने कभी जाती हूँ? तुम्हारी माँ की तरह? जाती हूँ?'

'नहीं।'

'बत्ती बनी बैठी हुई है। धरमपुर की बेटी को उठाकर ले आए तुम्हारे दादा। उसी समय मेरा माथा ठनका था। खुद तो चले गए, गंजन सुनने के लिए मैं जिन्दा बैठी हूँ।'

देरी होने लगती तो गोपाल बात को मोड़ता।

'दादा तुमसे नाटे थे न?'

दादी को हँसी आ जाती। लड़ाई-झगड़े की बात भूल जाती। बोलती–'अब तो गौना-दोंगे के समय में शादी-ब्याह होता है। हमारे समय में ऐसा थोड़े न था? लग्गा (पतली छड़ी) से नाप कर देखा गया तो तुम्हारे दादा बड़े थे। हो गई शादी। बाद में मैं ही लग्गे की तरह बढ़ गई। दादा रह गए नाटे के नाटे। वो नाटे होते नहीं। पीठ पर बोकचा ढोते-ढोते ऐसी हालत हो गई थी उनकी।'

'तुम्हारी कितनी उमर रही होगी शादी के समय?'

'वह भला मैं क्या जानने गई! तुम्हारे दादा से दो मुट्ठी छोटी थी।'

'अब कितनी उमर है?'

'क्या मालूम। अपने हिसाब से तो लग रहा है कि सौ साल मेरे हो गए। हर दिन महाकाल बाबा से गोहराती हूँ–'हे बाबा! अब कितनी देरी?' दादी ने दोनों हाथ दोनों ओर फैलाकर ऊपर ताका।

'नहीं।' कहते हुए गोपाल ने उसे अपने में भर लिया।

दादी ने साड़ी में हाथ पोंछते हुए, गद्गद स्वर में कहा–'एक दिन तो जाना ही पड़ेगा। तुम मेरी एक बात याद रखना। कैसी भी बरखा हो, बरफ पड़े, मुझे बाहर निकाल देना। घर में प्राण मत निकलने देना। वैसे तो किसकी मौत कैसे

होगी, कोई नहीं जानता है। लेकिन यदि जरा भी इस तरह की बात लगे तो फौरन बाहर कर देना। करोगे न? मुँह में एक बूँद तुलसी गंगाजल दे देना। दोगे न?'

'तुम मर जाओगी तो मुझे सुबह में कौन उठाएगा? फिर मैं रात में पढ़ने लगूँगा। हाँ!'

'अच्छा, अच्छा! अभी नहीं मरूँगी मैं। तुम जब पढ़ लोगे, तब मरूँगी। मगर तुम रात में जागकर मत पढ़ना। देह रहेगी तो सब कुछ रहेगा। देह नहीं तो कुछ भी नहीं।'

गोपाल, गोविन्द और दादी एक ही तिनतल्ले खाट पर सोते। सबसे नीचे दादी, बीच में गोविन्द और सबसे ऊपर गोपाल। खाट में सीढ़ी अटकाई हुई थी, जिस पर चढ़कर गोपाल अपनी खाट पर जाता।

भोर में पढ़ने के लिए दोनों भाइयों को उठाना दादी का काम था। दादी कभी भी आवाज देकर नहीं उठाती। पहले पर्दा सरकाती। बाहर का प्रकाश भीतर आता। डिबिया बुझाकर लालटेन जलाती। टेबल पर रखती। दोनों कुर्सियाँ लगातीं। तब अपने लम्बे हाथों से धीरे-धीरे गोपाल की देह हिलाती। इससे गोविन्द की नींद टूट जाती। वह सुरफराकर खाट से उतरता। गोपाल की भी नींद टूट जाती। वह सीढ़ी से नीचे उतरता। स्टोव पर पानी उबलता रहता। दोनों भाई चाय बनाते। तीनों एक साथ ही चाय-मूढ़ी का नाश्ता करते।

एक दिन दादी के उठने से पहले ही गोपाल की नींद टूट गई। पर्दे के ओट से प्रकाश झाँक रहा था। गोपाल सीढ़ी से नीचे उतरा। दादी तब भी सोई ही हुई थी। गले से विचित्र शब्द निकल रहे थे।

'दादी।' गोपाल ने धीरे से पुकारा।

कोई उत्तर नहीं। गोपाल घबरा गया। बाप को आवाज लगाई। गोविन्द की नींद टूट गई। वह हड़बड़ाकर नीचे उतरा। माँ-बाप भी पहुँच गए।

'माँ! माँ!! क्या हुआ माँ?' गोपाल के बाप ने आवाज लगाई।

कोई जवाब नहीं। केवल घर्र-घर्र का शब्द।

गोपाल का बाप अपनी माँ को झकझोरने लगा। माँ ने आँखें खोली। एक पल बेटे की कोई ताकती रही। घरघराते स्वर में अस्पष्ट रूप से बोली—'बा ऽ ऽ ऽ ल ऽ ऽ ऽ'

बहू समझ गई बोली—'बाहर ले चलो, बाहर। जल्दी करो।'

तीनों बाप-बेटे मिलकर बुढ़िया को बाहर ले आए। पड़ोस में किसी ने देखा। लोग-बाग जमा होने लगे। गोपाल की माँ बुढ़िया की पोटली-पोटला खोलकर खोज-खाज करने लगी। सूखी तुलसी का पत्ता मिल गया। उसे पानी में डालकर, बुढ़िया के मुँह में एक बूँद डाला। बहुत दिनों से वह दार्जिलिंग में बस गई थी। सब 'बड़ी' कहते। लोगों को बाहर खड़े देख और लोग भी जमा होने लगे। बड़ी

को बूँद-बूँद तुलसीजल पिलाने लगे। तुलसीजल मुँह से बाहर चू गया।

'खतम!' गोपाल का बाप बोला।

'अरे मइया रे! अब मुझे अच्छा-बुरा कौन समझावेगा रे? लड़के-बच्चों को पढ़ने के लिए कौन उठावेगा रे?' गोपाल की माँ फूट-फूटकर रोने लगी।

गोपाल और गोविन्द कभी अपनी माँ तो कभी अपने बाप की ओर देखने लगे। गोपाल का बाप किंकर्तव्यविमूढ़ बना अपनी माँ को देख रहा था। जैसे उसे विश्वास ही न हो रहा हो।

रुलाई सुनकर और भी लोग जमा होने लगे।

'गजब की भागवन्ती थी।'

'जाने कब से तुलसी पत्ता सहेजकर रखे हुई थी।'

'अस्पताल में मौत नहीं चाहती थी।'

'बेटा मोह में पड़कर अस्पताल न ले जाए, इसलिए हम लोगों को पहले से ही कहकर रखा हुआ था।'

'डॉक्टर-वैद्य किसी की भी जरूरत नहीं पड़ी। यही चाहती भी थी।'

कुछ लोग बेटे की ओर मुखातिब हुए।

'अब चलो। माँ के ऋण से उऋण होओ।'

'एक दिन तो सबको जाना ही पड़ता है।'

'पहले घर पोंछ देती हूँ। फिर कुछ और।' दो स्त्रियों ने आपस में राय-मशविरा किया।

'अपनी बेटियों को खबर भेजो। दादी का मुँह देख जाएगी।' ज्ञानी-मानी लोगों ने विचार दिया।

गोपाल की तीनों बहनें इसी इलाके में रहती थीं। गोपाल का बाप मान गया। कमजोर स्वर में आवाज लगाई–'गोपाल! तुम पहली बस पकड़कर खरसांग चले जाओ। दीदी से कहना कि तिनछारे और सिलीगुड़ी वाली को वही खबर दे दे। दाह-कर्म कल होगा। तुम लगे हाथों लौट आना। और हाँ, ठोंगे का बण्डल रास्ते में घूरा मियाँ को देते हुए जाना। बुढ़िया जबान की बड़ी पक्की थी। उसके कारण किसी का नुकसान हो, इसका ख्याल वह हरदम रखती थी। घूरा मियाँ से कह भी देना। गोविन्द! हम लोगों की दुकानें बन्द रहेगी, इसका नोटिस दुकान पर लगा दो।'

गोपाल घूरा मियाँ को ठोंगा देते हुए खरसांग में बहन को खबर देकर लौट आया। तब तक दादी को फिर से घर के भीतर रख दिया गया था। नई साड़ी में लिपटी, सिंगार किए हुए। स्थानीय प्रथा के अनुसार लोगों ने लाश को अगोरने का काम आपस में बाँट लिया। चाय भी सब खुद ही बनाकर एक-दूसरे को पिला रहे थे। गोपाल की माँ भीतर में किसी से बात कर रही थी। गोविन्द अपने बाप के

साथ अन्त्येष्टि का सामान लाने घर से बाहर निकल गया था।

गोपाल ने आज तक अपनी दादी को सोए हुए नहीं देखा था। दादी उसके सोने के बाद सोती और सबसे पहले उठ जाती। हमेशा कुछ न कुछ करती ही रहती। और इसके साथ-साथ स्वयं से उसकी बातचीत भी चलती रहती।

आज दादी सोई हुई थी। निश्चिन्त। जैसे उसे किसी भी चीज की रत्ती भर भी चिन्ता न हो। कहने के लिए जैसे कोई बात ही नहीं थी।

'गोपाल!' माँ ने आवाज दी।

गोपाल भीतर गया। फेरीवाले चार लड़के खड़े थे। माँ ने कहा—'मूढ़ी लावे के सारे पैकेट दे दो। ये लोग बेचकर शाम में पैसे दे देंगे।'

गोपाल पैकेट ले आया। चारों लड़कों ने गिनकर आपस में बाँट लिये। कहीं कोई गड़बड़ी नहीं। दार्जिलिंग के बिहारी समाज में बड़ी एकता थी। सभी के लिए सभी उठ खड़े होते। गोपाल की माँ ने लड़कों को चाय पीने के लिए दिया। गोपाल को भी दिया।

हठात् गोपाल की नजर स्टूल पर रखे ग्लास पर पड़ी। कटोरी से ढँका ग्लास। गोपाल ने कटोरी उठाई। धनिया भिगोया हुआ था। दादी रोज सोने से पहले गोपाल और गोविन्द के लिए भीगने के लिए दे देती। पढ़ने-लिखने वाले बच्चों के लिए धनिए का पानी गुणकारी होता है।

'पी ले।' गोपाल की माँ ने कहा। उसकी आँखें भर आईं। भीगे स्वर में बोली—'उसके प्राण हमेशा हम लोगों में ही बसे रहते। न तो कभी खाट पकड़ी, न कभी कोई-बाकी रखा। स्नेह का अगाध भण्डार। यह सब कभी भी मत भूलना मेरे बच्चे, कभी भी नहीं।'

सम्बन्ध

'तुम्हारा नाम क्या है?'

'बगड़ा।'

सुनीति को बड़ी जोर की हँसी छूट गई। बगड़ा भी हँसने लगी।

'बचपन में बगड़े (गौरैया) की तरह ही फुदकती रहती होगी। इसी से यह नाम पड़ा होगा।'

'हो सकता है।'

सुनीति ने बगड़ा को रख लिया। नौकर के अलावा एक और सहायक, हेल्पर हो गया। दिन भर घर में अकेले अकुला जाती। मन ऊब जाता। आस-पड़ोस में जाती तो लोग दोस्त या दोस्ती भरी बातों के बदले कुतूहल और आश्चर्य मिश्रित निगाहों से देखते। उसकी उमर कम है। सुनीति समझती थी कि लोग क्या जानना चाहते हैं। आखिर ऐसी कौन सी विवशता रही होगी सुनीति के माँ-बाप की कि गुप्ता जी के साथ उसकी शादी करा दी।

सभी ने देखा था गुप्ता जी की पहली पत्नी को। उसकी मृत्यु के बाद कुछ दिनों तक बेटी आकर रही। लेकिन हमेशा के लिए तो रह नहीं सकती थी। उसकी अपनी घर-गृहस्थी थी। पति का व्यवसाय, बच्चों के स्कूल आदि-आदि।

दो साल तो गुप्ता जी ने किसी तरह काटा। अन्त में हार गए। सालों ने परिस्थिति समझकर, पुनर्विवाह के लिए दुल्हन तलाश दी। दूर देहात का गरीब परिवार, नौ भाई-बहनों के बीच काली दुल्हन।

गुप्ता जी ने मंजूर कर लिया।

सुनीता को भी अच्छा ही लगा। मायके में काली-कलूटी सुनते-सुनते अन्दर से एकदम से दबकर रह गई थी। बड़ी दो बहनें गोरी थीं। उनके ब्याह के समय बाप की हालत ठीक थी। इसीलिए दोनों बहनों की शादी खाते-पीते घर में हो सकी। उसके बाद बाप की हालत बिगड़ने लगी। भाई पढ़ने लगे। स्कूल, कॉलेज की फीस, महँगाई अलग से। बिना नौकरीवाले लड़कों की भी ऐसी ऊँची माँग देखकर नौकरीशुदा वर का सपना देखना भी छोड़ दिया सुनीता के माँ-बाप ने।

'अपनी इस काली बेटी के कैसे पार-घाट लगाएँगे।' सुनीति की माँ बार-बार बोलती।

'बाकी सब तो अच्छी-खासी गोरी-नारी हैं। एक यही...'

'भले भाइयों का रंग जरा कम रहता...'

'चेहरे के नक्श तो अच्छे हैं। उम्र होने पर वैसी खराब नहीं दिखेगी।'

'शादी के समय सबसे पहले तो लोग रंग ही देखते हैं न!'

उसी समय बात लेकर पहुँचा गुप्ता जी की मृत पत्नी का भाई। कहा—'आपकी बेटी को किसी भी प्रकार की कोई कमी नहीं रहेगी। आप लोगों की भी हालत सुधर जाएगी। पहली पत्नी से मात्र एक बेटी है। उसे अभी ही सब कुछ लिखकर दे चुके हैं, ताकि बाद में किसी प्रकार का कोई विवाद न उठे। अभी उनकी तनख्वाह चौदह हजार रुपये माहवारी है। अपनी गाड़ी है। आपकी बेटी किसी रानी-महारानी से कम की तरह नहीं रहेगी।'

सुनीति के माँ-बाप राजी हो गए।

सुनीति अपने परिवार की बात किसी से नहीं करती। बगड़ा जब अपने परिवार की गरीबी बयान करती तो सुनीति को सब कुछ समझ में आ जाता। समानता की अनुभूति होती। उम्र में बगड़ा से छोटी होते हुए भी, बड़ी बहन की तरह कहती—'मैं खोजूँगी तुम्हारे लिए दूल्हा। गुप्ता जी के ऑफिस में बहुत सारे लड़के काम करते हैं।'

'बिना गिनाए कोई राजी नहीं होगा। सबको चाहिए सोना, पैसा।'

'तुम गुप्ता जी को नहीं पहचानती। ऐसी चाबी घुमाएँगे कि प्रमोशन बन्द।'

बगड़ा को हँसी आ जाती। सुनीति भी हँसने लगती। सुनीति के मायके से तार आया। भाई स्कूटर एक्सीडेण्ट में घायल होकर अस्पताल में भर्ती है। सुनीति सब कुछ बगड़ा पर छोड़कर गाँव चली गई। बगड़ा ने सब कुछ सँभाल लिया। सुनीति जब रहती थी, तब भी बगड़ा ही सारे काम करती थी, इसलिए उसे कोई दिक्कत महसूस नहीं हुई।

सुनीति का भाई ठीक हो गया। सुनीति वापस आ रही थी। बगड़ा ने उत्साह से घर की साफ-सफाई की। फूल, पत्ते यथास्थान सजाए। गुप्ता जी की कमीज में बटन लगा रही थी, जब एक युवक गुप्ता जी को खोजते हुए आया। गुप्ता जी अपनी गाड़ी की सर्विसिंग कराने गए हुए थे। घर सूना देखकर युवक बगड़ा को छेड़ने लगा। बगड़ा खुद को छुड़ाकर पिछवाड़े के रास्ते पड़ोसिन सोमा राय के यहाँ भागी। भारी हंगामा मच गया।

गुप्ता जी गाड़ी लेकर लौटे तो रास्ते से ही सब कुछ सुनते आए। सीधा ऑफिस गए। युवक को बरखास्त कराया। फिर घर पहुँचे।

अपमान से बगड़ा तिलमिला रही थी। रह-रहकर उसकी आँखें भर आतीं। भरे

मन से ही खाना बनाया। गुप्ता जी को खिलाया। खुद नहीं खा सकी। अपने कमरे में जाकर फूट-फूटकर रोने लगी।

गुप्ता जी के कान में उसके रोने की आवाज सुनाई दी। वे देखने आए। बगड़ा की पीठ सहलाकर चुप कराने लगे। बगड़ा गुप्ता जी की छाती में मुँह छुपाकर हिचक-हिचककर रोने लगी। उसे चुप कराने की कोशिश में गुप्ता जी उसे और भी अपने में सटाते गए। बगड़ा भी ढीली पड़ती गई।

बड़ी देर के बाद गुप्ता जी को होश आया। बगड़ा को नींद आ गई थी। वह नींद में ही हिचक रही थी। गुप्ता जी अपने कमरे में जाकर सो गए।

सुबह में ग्लानि से भरे हुए थे। बगड़ा से कहा–'रात में मुझसे बड़ी भारी गलती हो गई। मुझे माफ कर दो।'

'गलती मेरी भी थी। विरोध नहीं किया। पता नहीं, क्या हो गया था।'

'यदि जरा भी सन्देह हो तो मुझे कहना। सिलीगुड़ी अस्पताल में सब ठीक हो जाएगा। कोई भी तुम पर उँगली नहीं उठाएगा।

'वह सब तो बाद में। अभी तो आपको स्टेशन जाना है। तीन घण्टे का रास्ता है।'

सुनीति जैसे पूरा बाजार ही खरीद लाई थी। रसोईघर के लिए नॉनस्टिक कड़ाही। ड्राइंगरूम के लिए बड़ा सा फूलदान। गुप्ता जी के लिए रंग-बिरंगे कपड़े। अपने लिए भाँति-भाँति के परिधान। नया सूटकेस। बगड़ा के लिए दो साड़ी, सोने का कर्णफूल। अपने लिए तीन तोले का सोने का चौड़ा सा हार।

सुनीति ने सब कुछ बगड़ा को दिखाया। बगड़ा ने सब कुछ उलट-पुलटकर अच्छी तरह से देखा। अपने कर्णफूल पहन लिए। उसके बाद सुनीति का हार भी पहनकर आईने के सामने खड़ी हो गई बोली–'अगली बार मेरे लिए भी ऐसा ही हार लेती आइएगा।'

सुनीति कुछ बोली नहीं। उसे बगड़ा का यूँ हार पहनना अच्छा नहीं लगा। वह सारा सामान रखने लगी। बगड़ा ने हार खोलकर डिब्बे में बन्द करके रखने के लिए दे दिया। सुनीति ने उसे सूटकेस में रख दिया। बगड़ा जब कमरे से निकली, तब सुनीति ने हार को अलमारी की दराज में बन्द कर दिया।

एक दिन गुप्ता जी दौरे पर गए हुए थे। इसलिए रसोई-पानी का कोई बड़ा तामझाम नहीं था। सुनीति और बगड़ा ने बाड़ी में गोभी के पौधे पर मिट्टी चढ़ाई। दिन चढ़ गया तो बगड़ा ने सुनीति से कहा–'अब तो थोड़ा सा ही रह गया है। मैं कर लूँगी। आप नहा-धो लीजिए। फिर मैं आपको गरम-गरम पोछा खिलाऊँगी।'

सुनीति चली गई। अपनी खिड़की से देखा–बगड़ा गोभी पौधे पर मिट्टी चढ़ाने में तल्लीन थी। सुनीति ने खिड़की-दरवाजा बन्द करके अपनी अलमारी का दराज खोला। अपने जमा किए रुपये गिने। गुप्ता जी के जमा किए रुपये, सुनीति के नाम से सेविंग सर्टीफिकेट, बैंक के सूद आदि के कागजात अच्छी तरह से देखे।

अचानक ध्यान आया कि चौड़ावाला हार नहीं है। याद किया। चोपड़ा साहब की पार्टी में पहनकर गई थी। शनिवार की रात।

सुनीति ने ड्रेसिंग टेबल की दराज में खोजा। सूटकेस में खोजा। हार नहीं था। खिड़की को धीरे से खोलकर उसकी दरार में देखा। बगड़ा काम में मगन थी। सुनीति जल्दी से बगड़ा के कमरे में गई। उसकी चीजें खोलकर खोजने लगी। समय का ध्यान नहीं रहा।

'क्या खोज रही हैं?' बगड़ा आ गई थी।

'सुनीति स्तब्ध रह गई। कुछ सोचने के पहले ही मुँह से निकल आया—'अँऽऽऽ! मेरा हार नहीं मिल रहा है।'

'आपको मुझ पर सन्देह है?'

'दो ही लोग तो घर में हैं।'

'मैं चोर नहीं हूँ।'

सुनीति को कुछ नहीं सूझा। वह चुपचाप नहाने चली गई।

सुनीति नहाकर आई तो हँसते हुए बोली—'हार मिल गया।'

बगड़ा कोई जवाब दिए बगैर पोछा बनाने लगी। सुनीति बोली—'लगता है कि उस रात बाहर ही छूट गया होगा। गुप्ता जी ने बैग में रख दिया होगा।'

बगड़ा फिर से कुछ नहीं बोली। वह चुपचाप पोछा बनाती रही। सुनीति खाते-खाते बोली—'मैं रुपये जमा कर रही हूँ। तुम्हारे लिए हार बनाकर ही रहूँगी।'

बगड़ा कुछ नहीं बोली।

सुनीति खा चुकी, तब बगड़ा बोली—'मेरा हिसाब कर दीजिए।'

'मतलब?'

'मैं काम नहीं करूँगी।'

'क्यों?'

'ऐसे ही।'

'अरे, मुझे लगा कि तुमने मजाक में छुपा दिया है।'

'मेरा हिसाब कर दीजिए।'

'जिसका धन जाता है, उसका धर्म जाता है। तुझे मैं गैर समझती तो इतना मानती?'

'मेरा हिसाब कर दीजिए।'

'पूरी कॉलोनी में कौन है ऐसा जो अपने नौकर को सोने का गहना बनवाकर देता है?' और जहाँ दो बर्तन रहते हैं, वहाँ खटर-पटर तो होती ही है।'

'मैं बर्तन नहीं हूँ और न ही मैं आपके यहाँ काम करूँगी।'

'क्यों?'

'बस, ऐसे ही। मेरा हिसाब कर दीजिए।'

सुनीति ने कर दिया हिसाब। बगड़ा कॉलोनी के वोरा मेमसाब के यहाँ गई। कहा–'आपने मुझे काम-धन्धा करनेवाले किसी को खोज लाने के लिए कहा था। सो मुझे ही रख लीजिए।'

'और गुप्ता मेमसाब?'

'वो किसी और को रख लेंगी।'

'फिर भी। मनमुटाव हो जाएगा।'

'आप रखेंगी तब भी, और नहीं रखेंगी तब भी, मैं उनके यहाँ काम नहीं करने वाली। कितना काम कर सकती हूँ, सो तो आप देखती ही हैं।'

'क्या हुआ?'

'जो हुआ, सो तो आप आज या कल सुनेंगी ही। अभी मुझे एक काम चाहिए और आपको काम करनेवाला चाहिए।'

'देखो, यदि मैंने तुम्हें तुरन्त ही रख लिया तो वे रूठ जाएँगी। इससे तो बढ़िया यह है कि अभी तुम घर चली जाओ। कुछ दिन बाद आना। तब तक गुप्ता मेमसाब किसी को रख चुकी रहेंगी। उनका काम नौकर के बिना नहीं चल सकता। मैं महीने भर तुम्हारा इन्तजार करूँगी। वे जब नौकर रख चुकी रहेंगी तो आपत्ति का कोई कारण उनके पास नहीं रहेगा। मुझे भी पूछने की जरूरत नहीं पड़ेगी।'

बगड़ा अपने गाँव चली गई।

वहाँ कटनी चल रही थी। चौदह रुपये रोज। बगड़ा लग गई। मिल के पास साहूकार का ट्रक लगा हुआ था। चावल भरकर, बोरे सी कर ट्रक पर चढ़ाए जा रहे थे। तीन रुपये प्रति बोरा। बगड़ा वहाँ लग गई।

जब सब कुछ समाप्त हो गया, तब तक तीन माह से ऊपर हो चुके थे। तब ध्यान आया कि देह अपने आप में नहीं है।

गुप्ता जी से सहायता माँगने की इच्छा नहीं हुई। वह अकेले ही परिवार नियोजन अस्पताल गई। डॉक्टर ने कहा–'दिन ज्यादा चढ़ चुके हैं। ऐसी हालत में खून का इन्तजाम करके रखना होगा। ऐसी सुविधा हम लोगों के पास नहीं है।'

'फिर? फिर मैं क्या करूँ?'

'मेरे विचार से तो इस बार रख लो। प्रसव के बाद ऑपरेशन करवा लेना। अपने घरवाले से भी राय-विचार कर लेना।'

'आप ऑपरेशन की व्यवस्था करवा देंगे?'

'जरूर। मगर दोनों की सहमति चाहिए।'

'वह तो छोड़कर चला गया।'

'तब जो कोई तुम्हें पहचानता हो। कोई साहब अथवा मेमसाहब। उनकी चिट्ठी ले आना। फिर हम लोग कोशिश करेंगे।'

'ठीक है।' और बगड़ा सोचने लगी।

बगड़ा की इच्छा लौटकर उस कॉलोनी में जाने की नहीं हुई। ऐसी अवस्था में लोगों का कौतूहल जागना स्वाभाविक था। दूसरी कॉलोनी में, जहाँ लोग अच्छे से नहीं पहचानते हैं, वहीं काम करना सही लगा। नौकरी की जरूरत तो सर्वोपरि थी। गाँव के कमाए रुपये चाहे जितना हाथ कसकर रखो, कुछ न कुछ खिसक ही जाते। बगड़ा पता करने लगी।

चूना भट्टी के बड़े मेमसाब का बावर्ची छुट्टी पर जाने वाला था। बगड़ा वहीं पहुँची। बावर्ची की सिफारिश पर मेमसाब ने उसे रख लिया। महीने भर बाद जब बावर्ची लौटा, तब बगड़ा ने बिना पगार के ही काम करने की इच्छा जाहिर की।

'बिना पगार के?'

'बस, क्वार्टर चाहिए। ऑपरेशन कराना है। मुझसे जितना बन पड़ेगा, आपका काम करने में पीछे नहीं रहूँगी।'

मेमसाहब के पास बहुत सारे क्वार्टर थे। कोई आपत्ति नहीं हुई। वह सामाजिक कार्य भी करती थी। ऑपरेशन के लिए चिट्ठी, दवाई आदि की भी सहायता की। बच्चे का नाम भी उन्होंने ही रखा–ज्योति।

बाकी चीजें सँभालने के लिए बगड़ा ने अपनी माँ को बुला लिया। माँ ने कुछ नहीं पूछा। चुपचाप सब कुछ स्वीकार करते हुए सब कुछ सँभाल दिया। एक दिन कहा–'कहो तो इसे मैं ले जाऊँ। वहाँ कहूँगी कि रास्ते में पाया। किसी को भी सन्देह नहीं होगा। अकेली रहोगी तो काम करने में सुविधा होगी।'

बगड़ा को ध्यान आया कि बचपन में माँ कैसे पिटपिटा देती थी। सेहत अच्छी थी, इसलिए सबसे अधिक काम बगड़ा ही करती थी। फिर भी माँ पकड़कर धुन देती। भाई-बहनों के साथ खेलते देख माँ फटकारना शुरू कर देती–'हे गे लमघोड़ी! मैं तबसे चूल्हे में सुलग रही हूँ और तू कुदुक्के मार रही है। ये नहीं होता कि सबको बुलाकर खाने के लिए बिठाएँ। वह भी मुझे ही करना पड़ेगा। खाली जनमने के लिए हड़बड़ाए हुए थे सभी के सभी।'

बगड़ा को चुप देखकर माँ ने पूछा–'क्या सोच रही हो?'

'गठरी मेरी है तो तुम्हारे माथे पर क्यों दूँ? कोई न कोई उपाय चला ही लूँगी। समय पर सँभाल दिया, यही क्या कम है? बस, आती-जाती रहना।'

'माँ चुप हो गई। जाते समय बोली–'अभी मेरे लिए कुछ मत भेजना। अपने खाने-पीने पर ध्यान देना।'

'अभी तो पगार भी नहीं मिलेगी।'

'मैं इन्तजाम करके बसवाले के हाथ से चावल भेज दूँगी। भरपेट खाना। बच्चे को पिलाना पड़ता है।'

'अच्छा।'

माँ चली गई। चावल भी भेज दिया, मेमसाब ने आधे पगार पर बगड़ा को रख लिया। काम भी ज्यादा नहीं दिया। कपड़े धोना और इस्तरी करना। पार्टी के दिन रसोई में ऊपरी सहायता। बस इतना ही।

मेमसाब के पास अपनी गाय थी। बगड़ा को सुबह-शाम एक कप दूध भी मिल जाता।

ज्योति पलने लगी।

'ज्योति! ज्योति! तू मेरी कौन? बगड़ा पूछती। उत्तर में ज्योति जोर से किलकारी मारती। ज्योति की माँ निहाल हो जाती।'

'ज्योति की माँ!' मेमसाब ने आवाज लगाई।

ज्योति की माँ दौड़ी।

'मैं बाहर जा रही हूँ। लौटने में देरी होगी। आज साहब के साथ दो लोग आएँगे। फुल्के बनाने के समय जरा मदद कर देना। नीली साड़ी और ब्लाउज कुर्सी पर रखे हैं, उस पर आयरन करके उसकी चूड़ी, चप्पल, बैग मिलाकर रख देना। चार बजे बोगरा मेला जाना है।'

'जी।'

मेमसाब अपनी सखी-सहेलियों के साथ गाड़ी की ओर बढ़ गई। ज्योति की माँ अपने क्वार्टर की ओर बढ़ गई। कान में मेमसाब की बातें खूब स्पष्ट रूप से बज रही थीं।

'आप एक-एक काम एकदम स्पष्ट रूप से समझाकर कहती हैं।'

'सो नहीं कहूँगी तो करेगी ही नहीं। पूछूँगी तो कहेगी—'कहाँ कहा था?'

थोड़ी सी हँसी।

'फिर भी कर तो देती है। मेरी वाली तो सुनने के बाद भी यही कहती है—कहाँ कहा था!'

फिर से हँसी।

'आपने किया भी तो है इसके लिए इतना न!'

'सो सब लोगों को याद कहाँ रहता है। हर दिन हर काम समझाना पड़ता है। यदि वह सब नहीं करूँ तो अपने मन से कुछ भी नहीं करेगी। सारा दिन 'ज्योति, मैं तेरी कौन?' कहती रहेगी।

मेमसाब नकल करती बोली। सभी जोर-जोर से हँसती हुई गाड़ी में बैठ गई।

ज्योति उस समय भी पैर पटक-पटक कर खेल रही थी। माँ उसे तेल लगाने बैठ गई। बच्चे का कपड़ा खोलते हुए बोली—'ज्योति, आज बहुत काम है। जल्दी से नहा-धोकर सो जा। वरना माँ को बात सुननी पड़ जाएगी।'

ज्योति फिर हँसने लगी। ज्योति की माँ पुलक उठी।

मेमसाब के बच्चे बड़े हो गए थे। बोर्डिंग स्कूल में पढ़ते थे। छुट्टियों में घर

आते। घर में छोटे बच्चे को पाकर सभी उसे दुलारते। अंग्रेजी में क्यूट, स्वीट कहते। ज्योति की माँ के दुलार भरे शब्द सुनकर हँस पड़ते। पूछते—'ज्योति की माँ? यह कैसा दुलार हुआ?'

'यह माँ का दुलार है।' ज्योति की माँ गर्व से बोलती। वे लोग और भी हँसने लगते। ज्योति की माँ इसकी परवाह नहीं करती।

ज्योति की माँ कपड़ा इस्तरी करने के लिए गई तो देखा, कमरा बिल्कुल अस्त-व्यस्त। सारी चीजें बिखरी हुई। अलमारी खुली हुई। उसमें चाबी लटकती हुई। बैग बिस्तर पर। ज्योति की माँ ने बैग अलमारी में रखकर अन्य चीजें समेटकर यथास्थान रख दिया। अलमारी बन्द करके चाबी अपने खूँट में बाँध लिया। इस्तरी के कपड़े उठाकर, कमरे में भी एक ताला लगाकर चाबी कमर में खोंस ली।

मेमसाब के बहुत सारे उपकार थे उस पर। ज्योति की माँ मानती थी। उसके बदले में मेमसाब पूरा अधिकार जमाए जा रही हैं। सो क्या सम्भव है?

दिन पर दिन ज्योति की माँ की जिम्मेदारियाँ बढ़ती ही चली जा रही थी। ताला-चाबी तक नहीं रखती थी खुद से। आज तो बहुत अच्छी बात है। कल को यदि कुछ खो-वो गया तो? इस मकान में केवल एक ज्योति की माँ ही तो नहीं रहती है न? तब?

ज्योति की माँ चुपचाप दूसरा काम खोजने लगी।

गुंगटू की सीमेंट फैक्ट्री के मैनेजर के बच्चे तीन माह के लिए अमेरिका से आने वाले थे। रसोइए को एक सहायक की जरूरत थी। ज्योति की माँ ने अपनी माँ के बीमार पड़ जाने के बहाने से छुट्टी ले ली। गाँव जाने के बदले गुंगटू में काम पकड़ लिया।

बहुत जगहों पर काम पकड़ा ज्योति की माँ ने। कहीं छूट जाता और कहीं खुद ही कोई बहाना बनाकर छोड़ देती। यही सब करते-करते वह पहुँच गई गुड स्टार्ट स्कूल में। हॉस्टल में अस्सी बच्चों की रसोई। बड़ा सा हॉलनुमा रसोईघर। बड़े-बड़े देग, भगोने। दो रसोइए मुख्य रसोई के लिए। तीन सहायक सब्जी काटने, धोने, आटा गूँधने, रोटी बेलने के लिए। चार चूल्हे सुलगाने के लिए, प्लेट लगाने-उठाने के लिए।

पगार बढ़िया थी। कपड़े भी मिलते। इसके साथ-साथ बच्चे की यूनिफॉर्म सहित निःशुल्क शिक्षा भी। ज्योति की माँ ने वहाँ बतौर सहायक काम पकड़ लिया।

ज्योति की माँ भूत की तरह खट सकती थी, मगर किसी का सह नहीं सकती थी। जरा सी भी कड़वाहट नजर आती, तड़ाक से नौकरी छोड़ देती। सहने की जरूरत तब जान पड़ी, जब ज्योति को रेस में इनाम मिला। प्लास्टिक का छोटा सा

टिफिन बॉक्स। ज्योति का चेहरा गर्व से दीप्त हो रहा था।

ज्योति अपना खाना उस टिफिन बॉक्स में रखती, फिर खाती। रसोईघर के कर्मचारियों का इससे बड़ा मन बहलावा होता। बात मैडम के कानों तक पहुँची, तो वह भी देखने आई। ज्योति की माँ को कहा—'तुम्हारी बेटी खेलकूद में खूब रुचि लेती है। डान्स में भी अच्छी है। बड़ी जल्दी ताल पकड़ लेती है।'

सप्ताह में एक दिन बीस मिनट का डान्स क्लास होता। डान्स क्लास में प्रत्येक बच्चा भाग लेता। मगर सालाना समारोह में स्कूल कर्मचारियों के बच्चे भाग नहीं लेते थे। उसमें पहननेवाले परिधान की कीमत ज्यादा होती थी। अभिभावकगण स्कूल से लेते थे।

ज्योति जब छोटी थी, तब पूरा समारोह नहीं देख पाती। नींद आ जाती। अपनी माँ का हाथ बँटाने में उसे ज्यादा मन लगता। जब नींद सी आने लगती तो स्टेज के पीछे का काम करना अच्छा लगता। सभी के गुण-दोष माँ को समझाती।

ज्योति ग्यारह साल की थी, जब ग्रुप डान्स के एक छात्र को अचानक घर जाना पड़ा। उसकी दीदी की मृत्यु हो गई थी। उसके बदले में मैडम ने रिहर्सल में तीन-चार बच्चों को लगा दिया। पार्ट देने का निर्णय दस दिन बाद होने वाला था। डान्स टीचर के आग्रह पर ज्योति को भी शामिल कर लिया गया। ज्योति की खुशी का पारावार नहीं था।

ज्योति को पता था कि डान्स में सबसे अच्छी वही है। इसके साथ-साथ उसे यह भी पता था कि वह स्टेज पर नहीं जा सकेगी। फिर भी, रिहर्सल में पार्ट मिल रहा है, उसके लिए यही खुशी का विषय था। वह रोज अपनी माँ से रिहर्सल का सारा हाल बयान करती। ज्योति की माँ सब कुछ सुनती। ज्योति का डान्स देखने भी आती। ज्योति के मन की बात वह अच्छी तरह समझती थी।

एक दिन साहस बटोरकर ज्योति की माँ मैडम के पास गई। विनम्र स्वर में कहा—'मैडम, ज्योति का मन डान्स में खूब लगता है।'

'मुझे पता है। वह डान्स करती भी बढ़िया है। मगर मैं उसे पार्ट नहीं दे सकती।' ज्योति की माँ खड़ी ही रही। मैडम उसे समझाने लगी—'ज्योति की माँ! मेरी मजबूरी समझने की कोशिश करो। सब मिलाकर स्टाफ के पूरे बीस बच्चे हैं। हर बच्चे के अन्दर कोई न कोई प्रतिभा है। स्टेज पर जाने के लिए पार्ट के मुताबिक स्पेशल ड्रेस चाहिए। उतना देने की सामर्थ्य अभी स्कूल के पास नहीं है। सभी की फीस माफ है। किताब, कॉपी, पेंसिल मुफ्त में मिलती है। यूनिफॉर्म मिलता है। ये सब तुम्हें कम लगते हैं?'

'जी नहीं।'

'फिर?'

'यदि पेसल ड्रेस' का पैसा मैं अपने से दे दूँ?'

'मैं ऐसी राय नहीं दूँगी। डान्स के लिए केवल लहँगा-चोली ही नहीं, और भी बहुत सी चीजों की जरूरत होती है। सब जुटाते-जुटाते पाँच सौ रुपये के लगभग लग जाएँगे। सिर्फ एक रात के लिए। उसके बाद सब कुछ बेकार पड़ा सड़ता रहेगा।'

ज्योति की माँ चुपचाप खड़ी रही। उसका मन कह रहा था—'वो सब बेकार नहीं जाएगा। जाने कितनी बार ज्योति उसे पहनकर अपनी माँ को नाच दिखाएगी।'

मैडम फिर से बोली—'ज्योति को देखकर दूसरे बच्चे भी अपने माँ-बाप से ऐसी अपेक्षा करने लगेंगे। हो सकता है कि दूसरों के माँ-बाप की अन्य जरूरतें तुमसे ज्यादा हों।'

ज्योति की माँ चुपचाप खड़ी रही।

मैडम ने कहा—'सभी तुम्हें कोसेंगे। बातें सुनाएँगे।'

'सब कुछ सह लूँगी।'

मैडम को हँसी आ गई। बोली—'इससे तो अच्छा यह होगा कि ज्योति के नाम से हर महीने कुछ जमा कर दो। उसके बड़े होने पर काम आएगा।'

'आप कहती हैं तो जरूर कर दूँगी। मगर अभी मुझे 'पेसल ड्रेस' बनवाने की अनुमति दे दीजिए। मैं जिन्दगी भर आपकी आभारी रहूँगी।'

मैडम ने अनुमति दे दी।

दर्जी भी रियायती दर पर सीने को तैयार हो गया। ज्योति किलक उठी। अपनी माँ की गर्दन को दोनों नन्हे-नन्हे हाथों से घेरकर बोली—'अरे मेरी मइया, तुम मुझे इतना क्यों मानती हो?'

'तुम्हीं बताओ।'

'क्योंकि तुम सबसे अच्छी हो।'

ज्योति की माँ गद्‌गद हो उठी। आँखें छलछला आईं।

टिफिन टाइम में दोनों माँ-बेटी रोज दर्जी की दुकान पर जातीं। दर्जी के कारीगर एक-एक गोटा किनारी के हर टाँके के बाद जाँचते थे। वरना दर्जी उनकी फजीहत कर देता। स्कूल का सालाना जलसा। सभी को इनाम-बख्शीश की आस थी।

ज्योति और उसकी माँ चुपचाप ज्योति की ड्रेस देखकर लौट आती। एक दिन जब वे लौट रही थीं कि किसी ने पीछे से आवाज दी—'बगड़ा।'

बहुत दिनों के बाद बगड़ा ने अपना नाम सुना। चारों ओर देखा। थोड़ा समय लगा, मगर पहचान गई। गुप्ता जी की मेमसाब थीं। गाड़ी से उतरकर बगड़ा के पास आ रही थीं।

'मेमसाब आप? किधर से?'

'दिल्ली। आजकल गुप्ता जी वहीं काम करते हैं। इधर एकाएक मीटिंग में

आना था तो हम लोग भी साथ हो लिए। तू कहाँ है?'

'मैं इसी स्कूल में काम करती हूँ। यह मेरी बेटी है, ज्योति।'

'मेरा भी एक बेटा है। गुप्ता जी के साथ बिस्कुट खरीदने गया है। छह साल का है।'

'आप सन्तोषी माता का व्रत करती थीं न! भगवती ने फल दिया।'

सुनीति ने सर हिलाकर स्वीकार किया। इतने में ही स्कूल की घण्टी बजी। ज्योति भीतर दौड़ गई।

'तुम्हारा घरवाला क्या करता है?' सुनीति ने पूछा।

'मेरी शादी कहाँ हुई जो घरवाला रहेगा?' बगड़ा हँसने लगी।

'वो...! वो छोकरा...! तूने मुझसे क्यों नहीं कहा? नाक रगड़कर करना पड़ता ब्याह।'

'वो इसका बाप नहीं है।'

'तब...? कैसे...?'

'बस, ऐसे ही!' बगड़ा ने हाथ नचाकर कहा।

सुनीति सब कुछ सुनना चाहती थी। लेकिन बगड़ा कुछ नहीं बोली। वह हँसती हुई खड़ी रही। सुनीति को ठेस पहुँची। पर, कुछ बोली नहीं। गुप्ता जी अपने बेटे के साथ आ रहे थे। सुनीति अपनी गाड़ी की ओर बढ़ी। बगड़ा भी साथ हो ली। गुप्ता जी को हाथ जोड़कर नमस्कार किया। बच्चा बिस्कुट-टॉफी के लिफाफे सँभालता गाड़ी में बैठा। सुनीति बैठी। दूसरी ओर से गुप्ता जी बैठ गए। गाड़ी चल पड़ी।

ज्योति की माँ लौट आई। खिड़की से ज्योति की क्लास की ओर देखा। सभी बच्चों के साथ ज्योति लिखने में तल्लीन थी।

सैलानी

दार्जिलिंग सैलानियों का शहर है। यहाँ हर तरह के लोगों के ठहरने का इन्तजाम है। विभिन्न कम्पनियों के हॉलीडे होम। विभिन्न आय वर्ग के लोगों के लिए विभिन्न स्तर के होटल। इसके अलावा टूरिस्ट, लॉज, पेइंग गेस्ट आदि की व्यवस्था तो है ही।

कुलीगण लोगों को देखकर ही पहचान जाते कि किसे किस तरह का आवास चाहिए। सैलानियों के मुँह खोलने के पहले ही कुली पूछने लगते–

'हॉलीडे होम? कौन सी कम्पनी?'

'होटल? बुकिंग?'

'सलाम साब! विंडमेयर? सिंक्लेयर! माउंट एवरेस्ट तो अभी बन्द है साब।' आदि-आदि।

दो दल अभी भी हैं, जिधर कुली फटकते भी नहीं। एक दल है अति निम्नव्ययी विदेशियों का, सैलानियों का, जिसे हम घुमक्कड़ कहते हैं। वे सब कभी भी दल बाँधकर नहीं आते। झुण्ड के झुण्ड एक साथ बस से उतरते, मगर घूमने के लिए अधिकतर अकेले। कभी-कभी दो जने एक साथ। उससे अधिक नहीं। अपना ट्रैवलर्स बैग पीठ पर बाँध, मस्ती में भटकते रहते। जगह-जगह कैमरे क्लिक करते। भूख लगी तो ट्रैवलर्स बैग से पावरोटी या इसी तरह का कोई सस्ता खाद्य पदार्थ निकाल कर खा लेते।

दूसरा एक दल है भिखमंगों का। अच्छा-खासा बड़ा दल होता वह। हर साल वसन्त ऋतु में बड़ी सी बस रिजर्व कराकर सिलीगुड़ी से सभी एक साथ ही आते। आठ-नौ महीने साथ ही रहते। जाड़ा जब असह्य होने लगता, तब सभी मिलकर राय-विचार करके दिन निश्चित करते। और उस दिन रिजर्व की गई बड़ी बस से सिलीगुड़ी लौट जाते। वहाँ से वे सब अपने-अपने गाँव के लिए अलग-अलग हो जाते।

भिखारियों का दल घुमक्कड़ों की तरह भटकता नहीं। वे सब एक ही जगह बैठते। मॉल के पूरब पार। जो सड़क महाकाल जाती है, उसके दोनों ओर,

अपने-अपने परिवार के साथ महाकाल की सीमा तक। चाय की दुकान से पहले ही। उसके ऊपर भिखारियों का बैठना निषिद्ध था।

भोर से दोपहर एक-डेढ़ बजे तक सब वहीं बैठते। उसके बाद दौड़ लगाते पोस्ट ऑफिस के पिछवाड़े की ओर, जहाँ तिब्बतियों के छोटे-छोटे रेस्तराओं की कतार थी। अधिकांश मध्यवित्त विदेशी सैलानी दोपहर में वहीं भोजन करते।

भिखमंगे विभिन्न सुरों के रिरियाने लगते—'खाना दो न!' सैलानी क्षुब्ध हो जाते। दिए बिना गले से उतर नहीं पाता। लगभग हर सैलानी एक प्लेट भोजन दान करता ही।

प्रत्येक भिखमंगे की अपनी तामचीन की प्लेट और मग थे, जिसमें खा-पीकर, होटल के पानी से बर्तन धोकर, तृप्त होकर चल पड़ते, अपने व्यवसाय के लिए। लगभग सभी के अपने-अपने दुकानदार बँटे होते, जहाँ वे अपनी रेजगारी बदलते। अस्सी पैसे में एक रुपये रुपया। भीख का कमस्तरीय अनाज बेचते, जिसे दुकानदार 'भीख का अनाज' में ढालकर फिर से बेचते। अन्त में अपने सौदा-सुलुफ खरीदकर अपने डेरे लौट आते।

दारोगा बाजार की गली में पहाड़ का एक बड़ा सा कोटर है, जिसे पक्का करके आवासगृह बनाया गया है। टाट, बोरे, पॉलिथिन, जिसके पास जो रहता, उसे टाँगकर अपने सोने का इन्तजाम करते।

लँगड़े, लूले, अन्धे, हड़ीले, जवान, बूढ़े, औरत, मर्द बच्चे सभी एक ही जगह रहते। सभी के पास अपना-अपना टिन का चूल्हा होता, जिस पर वे खाना बनाते। दिन डूबते-डूबते सभी खा-पीकर सो जाते। उन लोगों में किसी-किसी के पास ट्रांजिस्टर-रेडियो भी होता, जिससे लोगों का मनोरंजन हो जाता।

भिखारियों के दल का एक नियम कड़ा था। वे अपने दल में कुष्ठ रोगियों को नहीं रखते, चाहे वह किसी का सम्बन्धी ही क्यों न हो! कुष्ठ रोगी भिखमंगे को वे अपनी पंगत में बैठने भी नहीं देते। यदि कोई कुष्ठ रोगी उस पंक्ति में बैठने का साहस करता भी तो भिखारियों के लड़के-बच्चे पत्थर, रोड़ियों से प्रहार करने लगते। हारकर कुष्ठ रोगियों को अलग जगह खोजनी पड़ती।

रामप्रसाद कुष्ठ रोगी था। वह भी महाकाल पर बैठता। उसके बैठने की जगह दूसरों से अच्छी थी। अधिक खुला हुआ और गोलाकार। दूब के आसन की तरह। अन्य भिखमंगों को उसकी यह खूबसूरत जगह खूब खटकती, लेकिन वे सब कुछ कर नहीं सकते थे। बहुत दिन पहले विंडमेयर होटल की मालकिन ने उसे इस जगह पर बैठने की इजाजत दे दी थी। भिखमंगे कुछ नहीं कर सकते थे।

रामप्रसाद आराम से अपने जूते खोलता, पैर फैलाता, कभी हाथ या पैर की पट्टी भी खोलता। पैर की उँगलियाँ गलकर ठूँठ हो गई थीं। हाथ की अधिकांश उँगलियाँ ठीक थीं। रोग एकदम से जाहिर हो चुका था, मगर हाथ-पैरों से काम कर

ले सकता था। अन्य भिखारियों की तरह रामप्रसाद होटल की ओर दौड़ नहीं लगाता। अस्तबल के पास जो चाय की दुकान थी, वहीं से खरीदकर खाता। अपनी रेजगारी भी उसी दुकानदार के हाथ बेचता। और दोपहर में फिर महाकाल के टो-टोकर जगह बदलता। जिधर-जिधर धूप, उधर-उधर रामप्रसाद। उस समय उसे रोकनेवाला कोई नहीं रहता। जो दर्शनार्थी दोपहर में महाकाल जाते, उसमें से जाने कितने लोग रामप्रसाद को नेपाली गीत गुनगुनाते भी सुनते।

मगर भोर में वह एकदम चुपचाप बैठता। अपनी बीमारी की परिचर्या करता। प्लेट में भीख गिरती तो ऊपर ताकता। दोनों हाथ जोड़कर नमस्कार करता। दाता के आगे बढ़ते ही भीख को अपनी पोटली में रखकर, खाली प्लेट दूसरे दानियों के लिए सड़क पर रख देता।

उस दिन भी भोर में वह वही कर रहा था, जब एक विदेशी सैलानी वहाँ पहुँचा।

सैलानी को न जाने क्या सूझा कि उसने अपने लिफाफे में से एक केक निकालकर रामप्रसाद के हाथ में दे दिया और खुद भी दूसरा केक निकालकर, जरा सा हटकर, खाने लगा। रामप्रसाद ने ठीक सैलानी की नकल करते हुए अपने केक को दाँत से काटा। सैलानी को हँसी आ गई। रामप्रसाद भी हँसने लगा।

उसी दिन चाय बागान में भी चार जन दार्जिलिंग घूमने आए थे। घूमते-फिरते चढ़ गए वे सब महाकाल की सड़क पर। विंडमेयर होटल में सैलानियों को धूप सेंकते देखा। फुलवारी की बहार देखी। फिर वे सब बढ़ गए। महाकाल पर पहुँचे तो पूजा करने की इच्छा भी हो आई। आधा रास्ता उतर कर पूजा की सामग्री खरीदी। फिर ऊपर गए। महाकाल की पूजा की। महाकाली की पूजा की। महावीर जी के दर्शन किए। हर जगह तिलक लगाया। सभी छुट्टे पैसे चढ़ाए। इतना सब करते-करते वे सब अच्छा-खासा थक गए। हवाघर में चाय बिकते देख लोभ संवरण नहीं कर सके।

चाय के पैसे देते समय एक व्यक्ति ने अपने पर्स में से सौ रुपये के दो नोट गायब पाए। उसने घबराकर अपने साथियों से कहा। चायवाली ने भी सुना। बोली—'जिस रास्ते से आए हैं, उसी रास्ते खोजते जाइए। कहीं गिर गया होगा। मिल जाएगा।'

लेकिन रास्ता वैसा बढ़िया नहीं था। सोमवार का दिन। पूर्णिमा तिथि। उस पर से धूप। लोगों की गजगज भीड़। चारों जन सर निहुराए खोज रहे थे। जूते-चप्पल के अलावा और कुछ भी सूझ नहीं रहा था।

भिखारियों ने इसे लक्ष्य किया। एक ने पूछा—'पैसे खो गए हैं क्या?'

'हूँ।'

'कितने पैसे थे?'

'दो नमरी (सौ का नोट)'

'कहाँ पर गिर गया?' तीसरे ने पूछा।

'इसी सड़क पर।'

'यह सड़क तो बड़ी लम्बी है।'

चारों जन कोई जवाब दिए बगैर अपने रुपये खोजने में लग गए।

भिखमंगे आपस में बतियाने लगे–

'होटल के फाटक के पास जो मोड़ है, वहाँ तो नहीं गिर पड़ा?'

'वहीं गिरा होगा।'

'सबसे एकान्त जगह वही है।'

'यहाँ गिरता तो जो उठाता, वह पकड़ा नहीं जाता?'

'उसी कोढ़ी ने लिया होगा।'

'हाँ, हाँ, उसी का काम है।'

'मुझे तो वह कभी भी अच्छा नहीं लगा।'

'वहाँ उसे बैठने देना ही गलती है।'

'एक मछली मरी और पूरा पोखरा गन्धाया।'

'बाबूजी, जल्दी जाकर पकड़िए उसे।'

'मार जूते से ठीक कीजिए उस कोढ़ी को।'

'धर्म के रास्ते पर ऐसा कुकर्म।'

'इतने दिनों से हम लोग बैठते हैं यहाँ पर। क्या मजाल कि कभी किसी का एक पैसा भी उठाया हो। हाँ, खुशी से जिसने जो दे दिया, महाकाल की दया समझकर माथे से लगा लेते हैं।'

'उसी दिन की तो बात है। एक सेठ ने एक दसटकिया मेरी प्लेट में गिरा दिया। मुझे लगा कि गलती से यह गिर पड़ा है। लौटाने के लिए अपनी बेटी को दौड़ा दिया। मगर काहे के लिए लेता वह! उल्टा मेरी बेटी को ही एक रुपया और दे दिया। महाकाल बरक्कत दे उसे।'

'किसी-किसी का हाथ खूब खुला होता है।'

'उन्हीं के मनोरथ पूरे करते हैं महाकाल।'

चाय बागान के पर्यटकों के पास इतनी बातें सुनने का धीरज नहीं था। वे सब अन्य लोगों को ठेलते-ठालते बढ़े उस कुष्ठ रोगी की ओर और उसे घूरने लगे।

रामप्रसाद उस समय भी केक खा रहा था। चारों लोगों को एक ही साथ अपनी ओर देखते पाकर उसे हँसी आ गई। सैलानियों का सन्देह पुष्ट होने लगा।

'लिया है तो दे दे। हम लोग किसी से कुछ नहीं कहेंगे।'

'कौन सी चीज?'

'रुपये।'

'दो सौटकिया नोट।'

'इनकी जेब से यहीं गिर पड़ा था।'

'कौन सी जगह पर?'

'यहीं पर। जिस समय तुम्हें पैसे दिए, उसी समय।'

'मुझे तो केवल दस पैसे दिए थे।'

'बीस पैसे। और गलती से नोट गिर गए, जिसे तुमने उठा लिया।'

रामप्रसाद ने जवाब दिए बगैर अपने पैसों की पोटली खोली। बीस पैसे के सभी सिक्कों को उलट-पुलटकर देखा। एक सिक्का आगे बढ़ाकर बोला—'हे, यही। यही बीस पैसे आपने दिए थे। देख लीजिए।'

'यह नहीं। नोट। सौ-सौ रुपये के दो नोट।'

दर्शकों की भीड़ खड़ी होकर तमाशा देखने लगी। कुछ भिखमंगे भी आ गए। कुछ मस्तान, जो खुद को महाकाल के स्वयंसेवक की उपाधि देते हैं। वे सब भी शोर-शराबा सुनकर वहाँ पहुँच गए।

चाय बागान के सैलानियों के बदले अब वे लोग ही बहस करने लगे। जिनके पैसे खो गए थे, वे सब तो दर्शक बने खड़े थे।

केक खाते-खाते वह सैलानी भी महाकाल तक पहुँच गया। जो दृश्य अच्छे लगे, कैमरे में समेटते हुए लौटने लगा। फूलवाले के पास किसी के किकियाने की आवाज कानों में पड़ी। भिखमंगों की संख्या भी कम जान पड़ी। ऊपर चढ़ते लोगों के भाव उत्तेजनापूर्ण और नीचे उतरते लोगों के चेहरों पर कौतूहल के भाव थे।

सैलानी अपनी स्वाभाविक चाल में नीचे उतर गया। देखा, रामप्रसाद किकिया रहा था। मस्तान लोग उसे पीट रहे थे। भिखारी छोकरे पेड़ से टहनी तोड़-तोड़कर उसे छौंकिया रहे थे, जैसे कोई खेल हो।

एक छौकी रामप्रसाद के गाल पर पड़ा। रामप्रसाद किकिया उठा।

'स्टॉप इट!' सैलानी रामप्रसाद के गाल पर हाथ रखते हुए चिल्लाया।

'साहब! यह चोर है, चोर।'

सैलानी की समझ में कुछ भी नहीं आया। होटल का बेयरा भी तमाशा देख रहा था। वह अंगेजी में बोला—'इसने रुपये चुराए हैं।'

'कितने?'

'दो सौ?'

'तुमने देखा है?'

'नहीं, मगर सभी इसी का नाम ले रहे हैं।'

'साहब, आपने तो मुझे छुआ भी है। आप ही मेरा सब कुछ खोलकर दिखा दीजिए। मुझसे तो जितना बन पड़ा, दिखा दिया।'

सैलानी रामप्रसाद की भाषा नहीं समझता था, लेकिन चेहरे के भाव देखकर

अनुमान लगा सकता था।

रामप्रसाद कलप रहा था–'साहब! ये लोग मुझसे छूत मानते हैं। आप तो मुझसे घिरना नहीं करते हैं। आपने मुझे अपनी रोटी जैसी ही रोटी खाने को दी। आप ही मेरा सब कुछ दिखा दीजिए। आप यदि मुझे नंगा भी कर देंगे तो भी मुझे कोई आपत्ति नहीं होगी।'

सैलानी ने अपनी पीठ पर का बैग उतारा। नाइलॉन की रस्सी से बँधी गाँठ खोली।

दर्शक वर्ग, मस्तानों का गिरोह, भिखमंगों का दल–सभी कौतूहल से भर गए। सैलानी ने अपने कपड़े वगैरह उलटते-पुलटते हुए अपना बटुआ निकाला। बटुए के भीतर हाथ देकर दस रुपये के नोट की गड्डी निकाली। गिनकर बीस नोट निकाले और पूछा–'किसके रुपये चोरी गए हैं?'

'इनके।'

'ये लीजिए।'

'नहीं, नहीं। आपके रुपये हम क्यों लेंगे?' उसने अंग्रेजी में कहा।

'आप इंग्लिश जानते हैं?'

'हम लोग इंग्लिश जानते हैं।' चारों जन गर्व से बोले।

'रुपये भीतरी पॉकेट में रखा कीजिए। तात्कालिक खर्च के लिए थोड़े-मोड़े पैसे पॉकेट में रखिए। तब नुकसान की सम्भावना कम रहेगी। आपका भारी नुकसान हुआ है। ये ले लीजिए।' सैलानी ने रुपये बढ़ाए।

'नहीं, नहीं, हमें नहीं चाहिए।'

'तो फिर इसे मत मारिए। मुझे यकीन है कि इसने नहीं लिये हैं।'

'हम लोग भी दुखी हैं। मगर भीड़ का आक्रोश काबू में रखना नामुमकिन हो जाता है।'

'यह अस्पताल नहीं जा सकता है?' उन लोगों ने सैलानी के वाक्य का अनुवाद करके रामप्रसाद से पूछा।

रामप्रसाद ने साहब की ओर देखकर भीगे स्वर में कहा–'मैं अस्पताल में था साहब। अभी भी तीन महीने पर दवा लेने जाता हूँ। मगर वहाँ रह नहीं सकता।' हम लोगों का राशन कर्मचारी आपस में बाँट लेते हैं। महाकाल साक्षी हैं, यदि एक शाम भी भरपेट खाना मिला हो। इसीलिए महाकाल की शरण में आ गया। सो आज महाकाल ने भी छोड़ दिया। चोरी का झूठा कलंक मढ़ दिया।'

सैलानी ने अनुवाद सुनने के लिए चाय बागान के सैलानियों की ओर देखा।

सभी चुप थे। ऐसी कथा का अनुवाद कोई देसी सैलानी किसी विदेशी सैलानी को कैसे सुनाता?

चक्र

दार्जिलिंग रो रहा था।

ऑफ सीजन होने के कारण ठाकुरबाड़ी की आमदनी भी घट गई थी। रोजाना वाले दर्शनार्थी सुबह-शाम आते। दोपहर एकदम सन्नाटा।

पुजारी पुड़को पण्डित खिचड़ी खाकर सो रहे। लड़के तीन पत्ती खेलने लगे।

हमेशा से यह ठाकुरबाड़ी पुजारी के सगे-सम्बन्धियों के ठहरने की जगह रही है। गाँव के जाने कितने लोगों ने अपने छोटे-मोटे व्यवसाय यहीं रहकर शुरू किए। कितने लोग अपनी नौकरी की कोशिश में दौड़-धूप करते और शाम में ठाकुरबाड़ी में पड़ जाते। दो कौर दाल-भात मिल ही जाता। यदि विधाता दक्षिण होते तो नौकरी मिलने के बाद ठाकुर को प्रणाम करते, पहले पगार का कुछ अंश चढ़ाते। जिसकी जैसी सुविधा, जब सुविधा। मन्दिर की ओर से कोई दबाव नहीं। लोग अपनी श्रद्धा से चढ़ाते। मोटे तौर पर मन्दिर का खर्चा चल ही जाता।

बिना पैसे की तीन पत्ती खेलते-खेलते छोकरे बरसात पर टिप्पणी करने लगे।

'यह मेघ कम से कम बारह दिनों तक चलेगा।'

'वाह।'

'अरे, पूछ लेना पुजारी जी से। शनि सात, रवि आठ, मंगल बारह, (माना जाता है कि शनिवार से शुरू होने वाली बारिश लगातार सात दिनों तक, रविवार को शुरू होने वाली आठ दिनों तक और मंगलवार से शुरू होने वाली बारिश बारह दिनों तक होती है—अनु.।)

'वो तो नीचे में (मैदान में) होता है। पहाड़ पर नहीं।'

'यहाँ तो क्या बरसात और क्या गर्मी। हर रोज पानी ही पानी।'

'बरसात में तो और भी...लगातार आठ दिन, दस दिन तो सामान्य बात है।'

'काका कह रहे थे कि एक बार तो चालीस दिनों तक पानी बरसता ही रह गया था।'

'हां, हां। उन्नीस सौ बावन में।'

'नहीं इक्यावन में।'

'ऊँहूँ। पचास में।'

'पचास में कि उन्चास में?'

'धुर! कितनी बहस करते जा रहे हो?'

'यदि किसी साल दार्जिलिंग डूब गया हो तो?'

'पहाड़ धसक गया। सारे रास्ते बन्द। सैलानियों को भार की तरह ढो-ढोकर पार कराया गया।'

'घोड़ेवालों ने खूब कमाया उस साल।'

'इस साल भी लक्षण कुछ वैसे ही हैं। सोनाडा में रास्ता बन्द है।'

'इतनी दूर क्यों जाते हो? तुड़-सुड़ में दो घर गिर पड़े हैं।'

'विष्णु का घर?'

'बचा हुआ है। लेकिन वे लोग घर छोड़कर, भुटिया बस्ती के पास आ गए हैं। सर-सामान, मुर्गी-बकरी समेत।'

'मनेन कहाँ टिका हुआ है। बारिश छूटेगी, तब जाएगा अपने घर।'

'यदि घर बचा रहा तो...'

'अपना घर था कि किराए का?'

'अपना। फिर बना लेगा। पहले भी एक बार धँस गया था।'

'कोई आ रहा है।'

'कौन?'

'परदेसी मालूम होता है।'

'ऐसे दुःकाल में?'

ताश समेटकर सभी आगन्तुक की ओर आकृष्ट हुए। खाई-पी हुई दोहरी देह, छोटे नारियल जैसी तोंद। सँभाल-सँभाल कर डग उठाते हुए मन्दिर के आँगन की ओर बढ़ रहा था। हालाँकि बड़ा छाता ताने हुए था, मगर वर्षा की बौछार से पतलून के नीचे से सराबोर था। साथ में एक नेपाली लड़की थी—रास्ता दिखाते हुए।

'टीके पण्डित की ठाकुरबाड़ी यही है?'

'हाँ, हाँ।' सभी ने एक साथ ही उत्तर दिया।

'पण्डित जी हैं? मैं मुरली बाला देवी के संवाद लेकर आया हूँ।'

एक व्यक्ति भीतर दौड़ा। पुजारी को झकझोर कर कहा—'एक आदमी मुरली बाला देवी का सन्देशा लेकर आया है।'

'वह मर गई। अगहन में ही।' कहकर पुजारी ने करवट फेरी।

'कह रहा है कि वह उसका बेटा है।'

'मुर्लिया की कोई सन्तान नहीं थी।' और पुजारी का नासिका-वादन पुनः आरम्भ हो गया।

आगन्तुक अपना परिचय विस्तार से दे रहा था। उसका एक-एक वाक्य

पुजारी से कहने के लिए एक-एक व्यक्ति भीतर दौड़ता। वर्षा की एकरसता में कुछ विविधता मिली वहाँ के छोकरों को।

'अपना नाम सत्यदेव सरिया बताता है।'

'अच्छा-खासा बड़ा आदमी मालूम पड़ता है।'

'एक बेटा और दो बेटियाँ हैं।'

'बेटियों का शादी-ब्याह हो चुका है। बेटा वहीं रेलवे में नौकरी करता है।'

'खुद अभी रिटायर भी नहीं हुआ है।'

'मुरली बाला देवी उसकी सौतेली माँ है। उन्हीं के नाम से मकान है।'

'मुरली बाला देवी ने मकान बेचकर हजार रुपये मन्दिर को देने का आदेश दिया है।'

'एह! तुम लोग जो हो न...कहते हुए पण्डित उठकर बैठ गए। चुटकी बजाकर, दीर्घ श्वास लिया। इसके बाद बोले—'एक जरा सी आँख लगी थी, सो तुम लोगों से बर्दाश्त नहीं हुआ। कान के पास मक्खी की तरह 'ये हैं, वो हैं, ऐसे हैं, वैसे हैं, अरे, इतनी दूर से इस बरसात में श्रद्धालु आया हुआ है। पहले उसे एक धुली हुई धोती दो। फिर गरम चाय। जाओ।'

जब चाय पर्व समाप्त हो गया, तब पुजारी जी मुँह-कान पोंछकर, बाल सँवार कर, चन्दन का नया तिलक लगाकर अपनी गेंद जैसी काया को गुड़काते हुए उपस्थित हुए। बोले—'जय राधा गोपाल। जय जसुमति दुलाल।'

आगन्तुक हाथ जोड़कर खड़ा हो गया। बोला—'मेरा नाम है सत्यदेव सरिया।'

'इस भीगे हुए कपड़े में क्यों हैं? धोती दामी नहीं है। लेकिन सूखी हुई तो है।'

'नहीं, नहीं। मैं बिल्कुल ठीक हूँ। मुझे अभी ही वापस भी जाना है।'

'कहाँ रुके हुए हैं?'

'जी? जी, कहीं नहीं। रेल से उतरकर सीधा यहीं आ रहा हूँ। और यहाँ से सीधा रेल का डिब्बा।'

'रेलवे कर्मचारी के अलावा और कोई ऐसा नहीं करेगा।'

सत्यदेव सरिया हँसने लगा। कहा—'एकदम ठीक पहचाना आपने।'

'आसनसोल में हैं?'

'जी अभी तो मालदह से आ रहा हूँ।'

'तुम लोग तो आसनसोल में पढ़ रहे थे?'

'एकदम ठीक।'

'तुम्हारे पिता जामताड़ा में थे।'

'थे।'

'वहीं घर बनाया।'

'मेरी सौतेली माँ को उन्होंने वह घर दे दिया था।'

'तुम लोगों को पढ़ाया, लिखाया। बड़े कर्तव्य परायण थे तुम्हारे पिता।'

'सो तो थे। हम लोगों का मन कभी भी अपनी विमाता की ओर से नहीं फटा, इसका शत प्रतिशत श्रेय मेरे पिता को जाता है।'

'तुम्हारी विमाता भी धर्मपरायणा थीं।'

'सो तो थीं। अन्त समय तक पूजा-पाठ करती ही रहीं। इधर कुछ दिनों से मतिभ्रम सा हो गया था। मगर ऐसे में भी पूजा की ही चर्चा। भरी धूप में कहने लगे कि बरसात हो रही है। कभी चिल्लाने लगतीं—'अरे, कौन है। भगवान से प्रार्थना करो कि पानी बरसना बन्द न हो। यह भोर की बरसात है। जब तक लोग नाश्ता-पानी न कर लें, बरसात मत रोको प्रभु!'

'हूँ।' पुजारी ने सर डुलाया।

'मेरे पिता का अन्तिम आदेश था कि माँ के पूजा-पाठ में कभी कोई बाधा न आए।'

'हूँ।'

'हम लोगों ने कभी भी नहीं टोका। जैसे मन किया, खर्च किया।'

'हूँ। पूजा-पाठ के लिए तो उनके पास अपने पैसे थे।'

'कुछ थे।'

'तुम दोनों भाई-बहन के अलावा उसका और था ही कौन?'

'कौन नहीं। हर साल दशमी में हम लोगों को बुलातीं ही। नहीं जाने पर बड़ी नाराज होती थी।'

'हूँ। यहाँ भी हर साल उनका मनीऑर्डर आता था। पूजा सुचारु रूप से चलती थी।'

'आश्चर्य!'

'इस जगत में कुछ भी आश्चर्य नहीं है। लीलामय लीला दिखाते हैं विचित्र, विभिन्न रूप में। जय राधा-गोपाल, जय जसुमति दुलाल।' पुजारी आँखें बन्द करके ध्यानमग्न हो गए।

सत्यदेव सरिया थोड़ी देर चुप रहा। फिर धीरे-धीरे बोलने लगा—'उनके अन्तिम आदेशानुसार ये हजार रुपये मन्दिर में देने आया हूँ। मेरे अनुमान से वे थोड़ी मतिक्षिप्त हो गई थीं। इसलिए शर्त लगा दी कि रोज प्रार्थना करेंगी बरसात के लिए। दार्जिलिंग बरसात से सराबोर थी। रास्ते भीगे। सारा दूध भीगे। ढेर सारा अंट-शंट। उसी में बार-बार यह भी जोड़ती—'यह मकान बेचकर हजार रुपये ठाकुरबाड़ी में खुद से देकर आऊँगी।'

पुजारी वैसे ही मौन रहे। सत्यदेव सरिया ने रुपये की पोटली पुजारी के पास रख दी। हिचकिचाते हुए बोला—'एक रसीद यदि मिल जाती...'

'रसीद।' पुजारी ने आँखें बन्द किए हुए ही पूछा।

‘मतलब अपनी बहन और पत्नी को विश्वास दिलाने के लिए कि प्रार्थना में कोई त्रुटि...’

‘हृदय में अविश्वास भरकर कोई भी काम नहीं करना चाहिए।’

सत्यदेव सरिया समझ नहीं पाया। लोग-बाग भी मन लगाकर सुन रहे थे। पुजारी ने आँखें बन्द किए हुए ही कहा—‘मृतक अपनी सारी सम्पत्ति तुम लोगों को ही दे गई है। केवल हजार रुपये धर्मार्थ लगाने को कहा है। यदि सब कुछ मन्दिर को दे देती, तब?’

‘देने में मुझे कोई आपत्ति नहीं थी। लेकिन उसके साथ जो तुक लगा था, इसलिए थोड़ा...’

‘अवश्य कोई कारण रहा होगा, जिसके लिए वे दार्जिलिंग में बरसात चाहती थी।’

‘वह भी प्रातःकालीन बरसात। और दूध भीग जाए, इसका क्या अर्थ हुआ?’

‘सभी अर्थ यदि समझ में आ ही जाए तो तुम्हारी गिनती मनुष्य में नहीं होगी।’

‘मेरी बहन और पत्नी भी यही कहती है और फिर...’

‘वे लोग बुद्धिमती हैं।’

पुजारी चुप हो गए, सत्यदेव सरिया जो थोड़ी देर तक प्रतीक्षा की। फिर पूछा—‘ये रुपये कहाँ रख दूँ?’

‘राधा-गोविन्द के चरणों पर। उन्हीं से रसीद माँगो। दे दें तो ले लो। अन्यथा प्रणाम कर के चले जाओ।’

पुजारी उठकर चले गए। सत्यदेव सरिया ने चुपचाप राधा-गोविन्द के चरणों पर हजार रुपये की पोटली रखकर प्रणाम किया और चल पड़ा। कुछ लोग छोड़ने के लिए साथ में गए और कुछ लोग रुपये की पहरेदारी में रह गए।

पुजारी फिर निकले। एक को रुपये गिनने का आदेश दिया, दूसरे को बहीखाता लाने का। बहीखाते में दान की राशि दर्ज की। बीस साल से मुरलीबाला देवी अनुष्ठान के लिए सौ रुपये का मनीऑर्डर भेजती थी, यह सबको पता था। मनीऑर्डर से पहले लिफाफे में पत्र भेजती थी, जो किसी को पता नहीं था। पत्र में चाहना रहती थी प्रार्थना करने के लिए कि दार्जिलिंग में रोज भोर में पानी बरसे और बाटकुल उसी में भीगते हुए घर-घर दूध और पावरोटी पहुँचाए।

गिने-चुने लोगों को पता था कि बाटकुल और पुड़को पण्डित एक ही व्यक्ति थे। अभी के मोटे, गोल-मटोल पण्डित को देखकर पीठ पीछे पुड़को पण्डित कहते हैं। उन दिनों अतिशय नाटे और ऐंठी देह रहने के कारण सभी बाटकुल कहकर बुलाते। असली नाम किसी ने भी नहीं पूछा।

बाटकुल मेहनती था। पानी पड़े, पत्थर गिरे, बाटकुल ठीक समय पर पावरोटी

और दूध पहुँचा जाता। साहब लोगों के बावर्चीगण उसे प्रतिमाह दो रुपये पारिश्रमिक देते। बाटकुल का गुजारा चल जाता। शाम में भी बाटकुल बंगलों के चक्कर लगा आता। यदि किसी की तबीयत खराब होती या कोई अलसा जाता तो बाटकुल उसकी फेहरिस्त के मुताबिक सामान भिजवा देता। इसी भाग-दौड़ में मुर्लिया से भेंट हुई।

मुर्लिया वाईडब्ल्यूसीए में आयी थी। मैनेजराइन मिसेज स्कॉट जब अत्यधिक व्यस्त हो जाती, तब बाजार की फेहरिस्त मुर्लिया को थमा देती। दार्जिलिंग का वाईडब्ल्यूसीए एक छोटा-मोटा होटल ही था। उस मकान का नाम था—आइवेन हो। दार्जिलिंग के बड़े मकानों में आइवेन हो की गिनती थी। उसे साफ-सुथरा रखने का भार मुर्लिया पर था। उसकी मातहती में दो जमादार और एक धोबी था। मगर जब मेहमानों की संख्या बढ़ जाती, तब मुर्लिया को खुद ही शौचालय साफ करने के लिए बाध्य होना पड़ता। ढेर के ढेर चादर, तकिया खोल और तौलिया इस्तरी करने में धोबी का हाथ बँटाना पड़ता। उस पर से मेमसाब बाजार की फेहरिस्त थमा देती। मुर्लिया परेशान हो जाती। ऐसे समय में बाटकुल बहुत काम आता।

काम करते हुए बाटकुल का मुँह कभी भी मलिन नहीं देखा। मुर्लिया के सिर्फ दो रुपये महीना और कभी-कभी चाय-नाश्ते पर दिन में दो खेप और सीजन में चार खेप भी हो जाता। मुर्लिया के मुँह से निकलता—'लोगों का दम एक बार ही ऊपर नीचे करने में निकल जाता है और तुम्हारे लिए चार-चार खेप कुछ भी नहीं है?'

बाटकुल हँस पड़ता। बोलता—'उस दिन दो बार वेस्ट प्वाइंट गया। लौटते समय रास्ते में बाबूलाल धोबी कपड़े लिये खड़ा था। सिंगामारी पहुँचाना था। तब तक होटल से बुलाहट आ गई। मैंने कपड़ा पहुँचाना स्वीकार कर लिया तो कहने लगा—'तू मेरा छोटा भाई है। तो यह तो वह...'

मुर्लिया बड़ी प्रभावित थी बाटकुल से। मन ही मन विचारती—'इत्ता नाटा सा और राक्षस की तरह खटता है। आदमी के बूते की बात नहीं है यह। जरूर कोई दैवी शक्ति है इसमें।'

बाटकुल भी प्रभावित था मुर्लिया से।

मुर्लिया मेमसाब के साथ अंग्रेजी में बात करती। चारों ओर चौकन्ना होकर ताकती। मुर्लिया की कार्यक्षमता देखकर बाटकुल चकित हो जाता। सराहना में बोला—'आज अगर तू काम छोड़ देगी तो मेमसाब चित पट हो जाएंगी।'

'पागल। मुर्लिया गद्गद होती बोलती।

बाटकुल और मुर्लिया की बातचीत रोज का नियम बन गया। मेमसाब के पास सिफारिश करके मुर्लिया आइवेन हो की जूठन बाटकुल को दिला देती। मांड़ से लेकर हड्डी तक कुछ भी नाले में नहीं फेंकने देती मुर्लिया। बाटकुल को जब

समय मिलता, लाठी में भार की तरह लटका कर नीचे ढलान पर ले जाता। बस्ती के लोग अपने सुअरों को खिलाने के लिए ऊपर आकर खरीदते। दो आना प्रतिदिन दाम देते।

मुर्लिया मुस्तैद रहती कि टिन ढँका हुआ रहे। वहाँ किसी प्रकार की कोई दुर्गन्ध नहीं फैले। मेमसाहब को कोई आपत्ति नहीं होती।

दूध पहुँचाने के बाद बाटकुल आइवेन हो के फाटक से सटकर खड़ा हो जाता। किसी न किसी बहाने मुर्लिया भी बाहर आती-जाती।

एक दिन बाटकुल बोला—'सुबह जब आँख खुलती है, तो सबसे पहले तुम्हीं याद आती हो।'

'पागल। मुर्लिया हँस पड़ी।

'तुम्हें विश्वास नहीं होता है न। सपने की बात पर तो और भी नहीं यकीन करोगी।'

'कौन सा सपना?'

'नहीं कहूँगा।'

'कह न!'

'तू नाराज हो जाएगी।'

'नहीं होऊँगी।'

'सचमुच?'

'हाँ।'

'सपने में देखा कि तू मेरी घरवाली है। हम लोगों का अपना एक होटल है। दोनों प्राणी बड़े आनन्द से हैं। तुझे बुरा लग रहा है न?'

'नहीं।'

'उतना बड़ा होटल तो असम्भव है। लेकिन यदि छोटा सा एक घर हो जाता...'

'तू तो इतनी जगह घूमता है। छोटी सी जमीन खोज। दो गज भी मिल जाए तो दो प्राणी के लिए बहुत होगा।'

'तू रहेगी मेरे संग?'

मुर्लिया ने भर आँख बाटकुल की ओर ताका। उसके बाद शहद में डूबे स्वर से कहा—'पागल। अभी भी सन्देह है?'

बाटकुल धन्य-धन्य हो उठा।

मुर्लिया की दोपहर में ही छुट्टी रहती। वह समय अब बाटकुल के साथ भविष्य की योजना बनाने में बीतता। ठाकुरबाड़ी के पास जो खाली जगह थी, वहीं बाटकुल खड़ा रहता।

बाटकुल ने सात सौ रुपये जमा किए थे और मुर्लिया के ग्यारह सौ में तीस रुपये कम थे।

'मेमसाब की बदौलत बहुत बड़े-बड़े लोग मुझे पहचानते हैं। तुझे काठ, टिन सब कुछ दिलवा दूँगी। कैसा भी हो, अपना घर तो हो जाएगा। दो कोठरी बहुत है। नीचे में रहेंगे। ऊपर में चाय की दुकान। उसी में एक किनारे मचान रख देंगे। सीजन में लोग घर के लिए भटकते रहते हैं। कुछ आमदनी हो जाएगी तो हर्ज ही क्या?'

बाटकुल अवाक् होकर देखता रहा।

'क्या हुआ? कुछ बोल नहीं रहे हो?'

'तुझे कितनी ज्यादा अकल है?'

मुर्लिया को हँसी आ गई। बोली—'होटल मेमसाब की बदौलत नहीं चलता है। वह चलता है मेरी और तुम्हारी बदौलत। उन लोगों के पास पूँजी है, हम लोगों के पास देह।'

अकस्मात् मिसेज स्कॉट फिसल गई। उनकी टाँग और कमर की हड्डी टूट गई। हवाई जहाज से कलकत्ता पहुँचाया गया। बदले में मिस स्मिथ आई—कार्यभार सँभालने।

मिस स्मिथ की उम्र ज्यादा थी। वे लिखा-पढ़ी वाले कामों में ज्यादा पटु थीं। कलकत्ता में मिसेज स्कॉट के मुँह से मुर्लिया के निर्भर योग्य बात सुनकर वे मुर्लिया पर सम्पूर्ण रूप से निर्भर रहने लगीं।

मुर्लिया को अपने ऐसे महत्त्वपूर्ण होने की अनुभूति कभी भी नहीं हुई। वह जी-जान से लग गई। मुख्य बाजार न जाकर नीचे गाँव में चली जाती। समय नहीं मिलता तो बाटकुल को दौड़ा देती। रुपये में दस पैसे उसके सब्जियाँ सस्ती और ताजा मिलतीं। मुर्गी खिच्चा मिलती। अण्डे आधे दाम में मिल जाते। मिस स्मिथ का खर्च मिसेज स्कॉट के मुकाबले बहुत कम होने लगा।

बाटकुल सौदा लेकर ठाकुरबाड़ी के बाहर प्रतीक्षा करता अथवा मुर्लिया ठाकुरबाड़ी के बाहर इन्तजार करती। गपशप का समय अब पहले से ज्यादा मिलता। मुर्लिया की बुद्धि से बाटकुल की आमदनी बढ़ गई। भार ढोने के लिए उसने नेपाल के बेरोजगार छोकरों को रख लिया।

मिस स्मिथ भावुक महिला थीं। उपन्यास, कविताएँ पढ़ने की शौकीन। स्थानीय अंग्रेजी समाज की सांस्कृतिक गोष्ठी में उन्हें बुलाया जाता। उनके व्यक्तित्व के प्रभाव से मात्र कलकत्ता ही नहीं अन्य जगहों से भी मेहमान आइवेन हो में पहुँचने लगे। मुर्लिया की पटुता के कारण मेहमानबाजी में कोई त्रुटि नहीं रहती। वाईडब्ल्यूसीए की आमदनी बढ़ गई।

मुर्लिया मिस स्मिथ के बहुत निकट आ गई। हिसाब-किताब के समय कुछ अन्य बातें भी हो जाती। एक दिन मुर्लिया ने मूड देखकर कहा—'मेमसाब! सुनती हूँ कि रॉबर्टसन साहब देश चले जाएँगे?'

'हाँ।'

'मकान-वकान सब बेच रहे हैं। पीछे में जो रिक्शाघर है, वो मुझे दिलवा दीजिए।'

मेमसाब तुरन्त समझ गई। पूछा—'शादी का दिन कब तय किया है?'

'अभी कुछ ठीक नहीं है। जब तक रहने की जगह नहीं होगी कुछ भी सोच नहीं सकती।'

'कोशिश करूँगी। रॉबर्टसन साब से परिचय तो है, मगर उतने अच्छे से नहीं जानती।'

'जैसा ठीक समझें। मगर जरा ध्यान रखिएगा।'

'अवश्य।'

'बहुत-बहुत धन्यवाद मेमसाब। आप मेरी माँ जैसी हैं। जब मैं सात साल की थी, तो मेरी माँ मर गई। बाप ने दूसरी शादी कर ली। एक भाई पहाड़ पर से फिसलकर मर गया। दूसरे को टीबी हो गई। उसके इलाज के लिए मैं चौदह साल की उमर में यहाँ आई। ग्यारह बरस हो गए यहाँ खटते हुए।'

मुर्लिया आगे नहीं बोल सकी। उसका गला रुँध गया। मिस स्मिथ ने उसकी पीठ सहलाते हुए कहा—'तुम एक बहादुर लड़की हो। रॉबर्टसन नहीं तो कोई और। मैं तुम्हें घर दिलाने की कोशिश जरूर करूँगी। थोड़ा समय लगेगा। तुम धीरज धरो।'

मुर्लिया ने अशेष धन्यवाद जताया।

बाटकुल को जब मुर्लिया ने यह संवाद सुनाया तो वह सिहर उठा।

'क्या हुआ?'

'मन कैसा-कैसा तो हो रहा है।'

'इस बरसात में भाग-दौड़ करते हो। एक बरसाती क्यों नहीं खरीद लेते?'

'खरीद लूँगा।'

'बाजार में पैसे ज्यादा लग जाएँगे। रुक, मैं अपने किसी साहब से बख्शीश में माँग लूँगी। अपना घर हो जाएगा तो मैं तुम्हें इतना खटने नहीं दूँगी। तू घर बैठकर दुकान चलाना। भाग-दौड़ का काम मैं किसी और से करवाऊँगी। शंकर ने सौ रुपये उधार लिए हैं—चौदह रुपये मासिक सूद पर साल भर यदि नहीं चुका सका तो मेरी समझ से एक सौ अड़सठ रुपये सूद के हो जाएँगे। मूल धन जस का तस। चलती हूँ अब। बहुत काम है। बउनी अण्डे के लिए कह गई है। जाकर ले आना। अलसाना मत। कांछा के हाथों से भिजवा देना।' मुर्लिया मचल पड़ी। वह अपनी दुकान में मस्त थी। बाटकुल पर इसका क्या असर पड़ा, सो नहीं समझ सकी।

बाटकुल मुर्लिया के साथ शादी करने से डर गया। वह जितना ही अपने मन में तर्क करता, मन उतना ही नकार देता। जान पड़ता जैसे मुर्लिया से शादी के

बाद बाटकुल अपने मन से कुछ भी नहीं कर पाएगा। केवल मुर्लिया के हुकुम की तामील करेगा। अभी ही वह मुर्लिया का विरोध करने में असमर्थ था। शादी के बाद? बाटकुल सिहर गया।

मुर्लिया यदि दुबली-पतली, सुकुमार, असहाय लगती तो बाटकुल रोब गाँठ सकता था। यहाँ तो बाटकुल था दुबला-पतला, छोटा-नाटा। मुर्लिया थी गोरी, लम्बी, दोहरे देहवाली। आत्मविश्वास से लबालब।

नहीं। बाटकुल ने बड़ा आदमी बनना नहीं चाहा। मगर मुर्लिया यह तो सोच चुकी है कि बाटकुल उससे शादी करना चाहता है?

बाटकुल सोचने लगा।

मुर्लिया बाजार से लौटती तो रोज ठाकुरबाड़ी के पास खड़ी हो जाती। लेकिन रोजाना बाटकुल से भेंट नहीं होती। जिस दिन होती, बाटकुल हड़बड़ी में रहता। जल्दी-जल्दी मुर्लिया की फेहरिस्त लेकर कांछा के हाथों सौदा भिजवा देने का वचन देकर डग भरता। जूठन लाने के लिए कांछा को अकेले ही भेज देता। पहले की तरह खुद साथ नहीं जाता।

मुर्लिया के मन में किसी तरह का कोई सन्देह नहीं उठता। वह निश्चिन्त मन से अपने काम में लगी रहती। तीन-चार लोगों को ऋण दे चुकी थी, पाँचवें की फिराक में थी। बाटकुल को भी सूद पर पैसे लगाने की सलाह दे डाली।

'जब तक अपना घर होगा, तब तक घर बैठे यह भी आमदनी का एक जरिया रहेगा। नहीं?'

'एकदम ठीक कहती हो।' बाटकुल के मुँह से निकला। लेकिन भीतर से वह काँप गया। विदा लेते हुए बोला–'चलता हूँ अभी। बहुत सारे लोगों का काम गछ लिया है।'

'अभी खटोगे तो बाद में निश्चिन्त सोओगे। पान-बीड़ी पर पैसे मत बहाओ। इस तरह से लगाओ कि पीछे काम आवे। देँखें, कब घर मिलता है। सबसे पहले तो मैं तुम्हारी बीड़ी छुड़ाऊँगी। कलेजा खोखला हो जाता है। कैसे-कैसे गबरू जवान को सूखते देखा है मैंने। और तुम तो हो ही दो फुट के लौंडे। नहीं पियो बीड़ी।'

'चलता हूँ अब।' कहकर बाटकुल भागा।

दस दिन हो गए थे मुर्लिया को बाटकुल को देखे हुए। वह रोज ठाकुरबाड़ी के पास जाती, मगर बाटकुल अभी भी नहीं रहता। एकदिन उसने कांछा को फेहरिस्त नहीं दी। दूसरे दिन कांछा भी नहीं मिला। कांछा जब जूठन का टिन लेने आया तो मुर्लिया ने बाटकुल को मिलने आने का सन्देशा भिजवाया। बाटकुल नहीं आया। मुर्लिया बिगड़ गई। बोली–'कौन बड़ा लाट साहब है? कह दे कि यदि खुद नहीं आएगा तो जूठन नहीं मिलेगी।' बाटकुल नहीं आया। कांछा भी नहीं आया। जूठन

नाले में फिंका गया।

दो दिन बाद बाजार में कांछा से भेंट हुई। पूछा–'जूठन लेने क्यों नहीं आए?'

'बाटकुल ने मना कर दिया।'

'कहा कि अपने गाँव जा रहा है। चिट्ठी आई है। वे सब उसकी शादी वहाँ ठीक कर चुके हैं। इसलिए...'

मुर्लिया हतप्रभ रह गई। जब तक बाटकुल अपने मुँह से नहीं कहेगा, मुर्लिया विश्वास नहीं करेगी। वह ठाकुरबाड़ी के पास खड़ी हो गई। बाटकुल दूर से ही देखकर भाग जाए? काँपते पैरों से मुर्लिया पहली बार ठाकुरबाड़ी के भीतर गई। देखा, बाँसुरी मुँह से सटाए कृष्ण भगवान मुस्कुरा रहे हैं। अंक में राधा रानी। भरे-पूरे आनन्द में लीन।

'जय राधा गोपाल, जय जसुमति दुलाल।' किनारे बैठे पुजारी ताराकान्त बोल उठे। मुर्लिया का सिर अपने आप झुक गया। आँखों से झर-झर आँसू झरने लगे। इसके बाद सिसकियाँ। अन्त में बिलख-बिलखकर रोने लगी। टीके पण्डित देखते रहे।

मुर्लिया की जब हिचकी उठने लगी तब टीके पण्डित बोले 'क्या नाम है तेरा?'

मुर्लिया कुछ नहीं बोली। पुजारी बोले–'पहले तो कभी नहीं देखा।'

'नहीं।' मुर्लिया ने गर्दन झुकाई।

'दार्जिलिंग में रहती हो?'

'हूँ।' मुर्लिया ने सर डुलाया।

'नाम?'

'मुर्लिया।'

'नाम तो बड़ा सुन्दर है तुम्हारा। भगवान को बड़ी प्रिय है मुरली। राधारानी से भी अधिक प्रिय। तू बड़ी भाग्यशाली है।'

'घण्टा हूँ।'

और मुर्लिया धीरे-धीरे सारी बात सुना गई–'उसके भविष्य के लिए मैं रात को रात नहीं, दिन को दिन नहीं समझकर चिन्ता करती रही।'

'तुमने बहुत किया। वह इसका पात्र नहीं है।' पण्डित बोले।

मुर्लिया फिर रोने लगी।

'जाने दो। उसके लिए रोना व्यर्थ है। वह मूर्ख जीवन भर पानी में भीगता, बोकचा बना रहेगा।'

'बोकचा? मैं मेमसाहब से कहकर उसे जेल भिजवाऊँगी। वह चोर है। बेईमान है। वह पार्टी करता है। जूठन लेने के बहाने रसोईघर की चीजें चुराता है। देखूँगी, कौन लेता है उसका पक्ष। मुझे सभी पहचानते हैं। सब मेरी बातों पर विश्वास करेंगे। उसे कोई नहीं पूछेगा।'

पुजारी ने एक लोटा पानी लेकर कहा–'लो, हाथ-मुँह धो लो। ठाकुर जी का

प्रसाद मुँह में डालकर दो घूँट पानी पी लो।'

मुर्लिया ने वही किया। मन कुछ ठण्डा हुआ। पुजारी बोले—'तुम हड़बड़ी में कोई भी काम मत करना। पहले उससे भेंट करो। देखो कि क्या कहता है। कितने दिन छुपा रहेगा? अभी जाओ। अपना काम-धन्धा करो।'

मुर्लिया चली गई।

मुर्लिया को नहीं पता था कि पुजारी के गाँव में बाटकुल का ननिहाल है। इसी सम्बन्ध से बाटकुल उन्हें मामा कहता है। शुरू में जब तक कोई उपाय नहीं था, वह ठाकुरवाड़ी में खाता था। अब केवल सोता था। हर माह ठाकुरबाड़ी के निमित्त कुछ न कुछ देता था। बर-बीमारी में मामा की सेवा-सुश्रूषा करता था।

मामा के मुँह से मुर्लिया की धमकी सुनकर बाटकुल और भी डर गया। उसने अपना हिस्सा काटकर कुली छोकरों को सौंपकर तुरन्त दार्जिलिंग छोड़ दिया।

मुर्लिया रोज ठाकुरबाड़ी जाने लगी। शान्ति मिलती। उसके साथ-साथ नवीन भिज्ञता।

ठाकुरबाड़ी में भी लोग पैरवी लेकर आते। काम लगवा देने की पैरवी। कुली का काम। दुकान में हाथ बँटाने का काम। दुकानदार विश्वासी कुली, टहलुआ चाहते। पुजारी जाँच-परखकर अपने गाँव के लोगों को लगवाते। स्थानीय छोकरों को भी लगवाते। बदले में वे सब मन्दिर में झाड़ू-पोंछा कर जाते। जब, जिसे जितना समय मिलता। इसलिए मन्दिर हमेशा चकचकाता रहता।

एक दिन पुजारी ने मुर्लिया से कहा—'तिनधरिया में एक व्यक्ति हैं। बहुत सज्जन पुरुष हैं। बच्चे आसनसोल में पढ़ते हैं। खुद बिचारे को वहाँ रहना पड़ता है। तुम्हारी मेमसाब उनके बड़े साहब की मित्र हैं। यदि तुम पैरवी करवाकर अपनी बदली...'

'मेरा कहा करेंगी?'

'बिचारे आसनसोल में नौकरी करते थे। दुष्ट लोगों ने फँसा दिया। बड़ी मुश्किल से नौकरी बची। पत्नी सह नहीं सकी। उसी दुर्दिन में स्वर्गवास हो गया। सजा के रूप में उनकी बदली तिनधरिया में हो गई। बच्चों को हॉस्टल में रखना पड़ा। तीन साल से बिचारे कल्पवास कर रहे हैं।'

'मैं कैसी भी हूँ तो नौकर हूँ। वे मालिक हैं। मैं लबर-लबर करूँ और वे बिगड़ जाएँ...'

'नहीं-नहीं, नहीं-नहीं। ऐसे नहीं। तुम पहले कहोगी कि एक महाशय उनसे मिलना चाहते हैं। सारी बातें एक ही दिन मत कहना। मूड देखकर। यदि जान पड़े कि उन्हें पसन्द नहीं है तो बात वहीं की वहीं खतम और यदि मेमसाब सहानुभूति दिखाएँ तो धीरे-धीरे बात आगे बढ़ाना।'

'देखूँगी।'

मेमसाब जब बात करने के मूड में रहतीं तो मुर्लिया तड़के की तरह सरिया बाबू की चर्चा छौंक देती। मेमसाब समझती कि बाटकुल की बात कर रही है। अतः एक दिन उन्होंने मुर्लिया के मित्र से मिलने की इच्छा प्रकट की। पुजारी ने सरिया बाबू को खबर भिजवाई।

सरिया बाबू के मुँह से बदली का अनुरोध सुनकर मेमसाब गुम हो गई। एकान्त में एक दिन मुर्लिया से पूछा–'तू तो यहीं घर बनाना चाहती थी न? यह तो बदली चाहते हैं।'

मुर्लिया अचकचा गई। बोली–'मेरा इनसे क्या सरोकार?'

अब मुर्लिया की समझ में आया। बाटकुल, ब्याह, घर, व्यापार। सारी गड़ी हुई बातें मन को हौड़ने लगी। मिस स्मिथ को लगा कि मुर्लिया अब गिरी, तब गिरी। बाँहों में भरकर पूछा–'क्या हुआ?'

मुर्लिया मुँह में साड़ी ठूँसकर रोने लगी। मेमसाब देह सहलाती, बार-बार पूछने लगी–'क्यों रो रही हो? मुझे बताओ, रो क्यों रही है? मुझे नहीं कहोगी?'

हिचकियों के बीच मुर्लिया बोली–'मुझसे शादी कौन करेगा? मैं एक अदना नौकर हूँ, अनाथ हूँ। मेरी सबसे बड़ी अपात्रता तो मेरी गरीबी है। मेरा जनम ही आयागिरी के लिए हुआ है। मरते दम तक मैं आया रहूँगी।'

मेमसाब सहानुभूति से भर गई। बोली–इस तरह से धीरज नहीं खोते। मुझ पर विश्वास रखो। मैं अपनी तरफ से पूरी कोशिश करूँगी।'

मुर्लिया इतनी निढाल हो चुकी थी कि उससे कुछ बोला नहीं गया। मिस स्मिथ असली बात नहीं समझ सकी।

कुछ दिनों के बाद सरिया बाबू ने तिनधरिया से मिस स्मिथ को फोन किया। यथासाध्य सहायता का आश्वासन दिया। बीच-बीच में फोन करते रहनें का आदेश दिया।

सरिया बाबू की अब आसनसोल बदली सम्भव नहीं थी। लेकिन यदि वे चाहें तो चित्तरंजन में खुलने वाले एक नए विभाग में जा सकते थे।

सरिया बाबू राजी हो गए।

'लेकिन मेरी एक शर्त है।'

'जो हुकुम।'

'आपको शादी करनी होगी।'

शर्त इतनी अप्रत्याशित थी कि सरिया बाबू मुँह ताकने लगे।

मिस स्मिथ स्पष्ट करती बोली–'देखिए, आप बच्चों को हॉस्टल से लाना चाहते हैं। उन लोगों की देखभाल के लिए एक स्त्री की जरूरत पड़ेगी। आप भी तीन साल से अकेले हैं। मुर्लिया काम-काज में बहुत तेज है। बुद्धिमती भी है। मैंने सुना है कि चित्तरंजन में एक गेस्ट हाऊस बन रहा है। मुर्लिया उसमें काम

करेगी। मैं इन्तजाम कर दूँगी। तब तो आपको एक गरीब होने का मलाल नहीं होना चाहिए।'

सरिया बाबू को कुछ नहीं सूझा। मिस स्मिथ पुनः बोली–'मुझे अभी ही उत्तर नहीं चाहिए। आप अच्छी तरह सोच-विचार कर अगले रविवार तक मुझे बता दीजिए। सोमवार को मैं पत्र लिखूँगी।'

सरिया बाबू पहले पुजारी के पास गए। पुजारी ने मुर्लिया की बड़ी तारीफ की। कहा–'जैसा कि आप कहते हैं कि चित्तरंजन एकान्त जगह है। स्कूल-कॉलेज है ही नहीं। तब तो आपको भी एक साथी की आवश्यकता रहेगी। मुझे तो लगता है कि आप तिनधरिया के मुकाबले अधिक सुखी रहेंगे।'

सरिया बाबू घर में विचार करने लगे। लेकिन ज्यादा कुछ सोच नहीं सके। मेमसाब का "तीन साल से अकेले हैं" और टीके पण्डित का "आप तिनधरिया के मुकाबले अधिक सुखी रहेंगे" दिमाग में घूमता रहा।

मुर्लिया ने जब पुजारी के मुँह से प्रस्ताव सुना तो चकित हो गई। बोली–'मुझसे ब्याह करना चाहते हैं? क्यों?'

'क्योंकि तुम्हारे जैसी जोड़ी उन्हें कहाँ मिलेगी?'

'पहले होती तो कुछ बात थी। अब तो पूरे दार्जिलिंग में मुर्लिया-बाटकुल की किताब छप चुकी है।'

'कुछ नहीं छपा है। एक मुझे छोड़कर कोई कुछ नहीं जानता है यहाँ। किसी और से भी कहा था?'

'नहीं।'

'तब?'

'सब देखते थे।'

'किसके पास समय है कि किताब छापेगा? दो-चार बातें करते थे, बस इतना ही न! तुम्हारे साथ बाटकुल की जोड़ी जमेगी? तुम्हारे छाते से बस एक मुट्ठी लम्बा होगा वह।'

मुर्लिया को हँसी आ गई। पुजारी हँसते हुए बोले–'सरिया बाबू से कुछ कहने की जरूरत नहीं है।'

'यदि दूसरों से सुना तो?'

'एह! उन्हें और कोई काम नहीं है? सुनेंगे भी तो विश्वास करनेवाले व्यक्ति वे नहीं हैं। उचित-अनुचित का ज्ञान उन्हें है। भला-बुरा पहचानते हैं। हाँ, जाने के पहले एक दिन अच्छी तरह से पूजा कर जाना। ठाकुरबाड़ी के खाते में दस-बीस रुपये दान दे जाना। ठाकुरबाड़ी का खर्चा दान पर ही चलता है।'

शादी के बाद मुर्लिया तिनधरिया गई। तीन माह के भीतर सरिया बाबू का तबादला चित्तरंजन हो गया। मुर्लिया की बहाली गेस्ट हाऊस में हो गई। चित्तरंजन

जाने के पहले एक दिन ठाकुरबाड़ी आकर पूजा की। दान में सौ रुपये दिए। पुजारी से कहा—'मैं हर साल सौ रुपये भेजूँगी। आप प्रार्थना कीजिए कि भोर में दार्जिलिंग में खूब बरसात हो। बाटकुल को उसी में भीग-भीगकर दूध-पावरोटी पहुँचाना पड़े।'

'जय राधा गोपाल, जय जसुमति दुलाल।' पुजारी बोले।

मुर्लिया चली गई।

बाटकुल फिर से दार्जिलिंग आ गया। दूध-पावरोटी पहुँचाने का काम दूसरे छोकरों के हाथों में चला गया था। बाटकुल पुजारी का टहल-टिकोरा करने लगा। कालक्रम में पुजारी की साझेदारी में नीचे से आम, केले, कटहल लाकर दार्जिलिंग में बेचने लगा। ठाकुरबाड़ी के किनारे जो खाली जमीन थी, उसमें एक खोली बनाकर नेपाली ब्राह्मणी को बिठा दिया, ठाकुरबाड़ी की रसोई में हाथ बँटाने के लिए। टीके पण्डित अस्वस्थ रहने लगे तो पुजारी का पूजा-पाठ भी वही करने लगा। यजमान को चिट्ठी-पत्री भी वही लिखता। मुरलीबाला देवी के मनीऑर्डर प्राप्ति की सूचना भी वही देता। वर्षा प्रधान होते हुए भी दार्जिलिंग में हर सुबह बारिश नहीं होती है। बाटकुल प्रतीक्षा करता। जिस सुबह बरसात होती, उस दिन उत्तर लिखता—

'सौभाग्यवती मुरलीबाला देवी,

कल्याणेषु!

मनीऑर्डर पहुँचा। रसीद मिली होगी। पूजा जारी है।' सुबह में खूब पानी बरसा। दूध, पावरोटी पहुँचाने के समय बिचारे छोकरों की बड़ी तबाही हुई।

इति शुभम्

ठाकुरबाड़ी।'

सरिया बाबू भी अपने काम-काज के सिलसिले में दो बार तिनधरिया आए तो पुजारी से मिलने आए। मुर्लिया से खूब सन्तुष्ट थे। बच्चे आसनसोल में ही पढ़ते थे। छुट्टियों में घर आते तो मुर्लिया जरा सी भी कहीं कोई कमी नहीं रखती।

धीरे-धीरे सरिया बाबू चित्तरंजन के बगल के गाँव जामताड़ा में मुर्लिया के नाम से जमीन खरीदकर, मकान बनाकर वहीं रहने लगे। मुर्लिया की आर्थिक स्थिति ऐसी बना दी कि सरिया बाबू की मृत्यु के बाद भी मुर्लिया को बेटे का मुँह नहीं जोहना पड़े।

टीके पण्डित का देहान्त हो गया तो बाटकुल ने मुर्लिया को खबर देना आवश्यक नहीं समझा। अब वही पुजारी था। मुर्लिया का मनीऑर्डर हर साल आता। अब, जबकि मुर्लिया का स्वर्गवास हो गया तो दस साल के पैसे एक ही बार जमा कर गया उसका सौतेला बेटा। और क्या चाहिए? पड़कू पण्डित सन्तुष्ट थे। बोले—'जय राधा गोपाल, जय जसुमति दुलाल!'

लक्ष्य बिन्दु

सुशील ने एक बार फिर से पता पढ़ा। पूरी सड़क छान मारी। तिरासी नम्बर का मकान कहीं नहीं मिला। मोड़ पर कोई लेटर बॉक्स भी नहीं मिला। सुशील फिर से मुख्य सड़क पर गया। दूसरे दुकानदारों से पूछा। रास्ता ठीक था। कंचनपथ उसी मोड़ से जाता था। तो फिर तिरासी नम्बर का मकान किधर है?

नम्बर क्रमबद्ध नहीं था और न ही सड़क एकदम से सीधी। छोटे-बड़े जाने कितने मोड़ थे। अमृत ने कहा था कि मुख्य सड़क से बाईं मोड़ पर लेटर बॉक्स है और लेटर बॉक्स से दस फर्लांग की दूरी पर बाईं ओर मकान है। सुशील दाहिने-बाएँ दोनों ओर देखते हुए लौट आया। नहीं मिला।

सुशील एक बार फिर से मुख्य सड़क पर आकर बाजार की चहल-पहल देखने लगा। अचानक एक महिला को उसी ओर जाते देख तेजी से बढ़ा।

'जरा सुनिए।'

महिला पर कोई प्रतिक्रिया नहीं हुई। वह अपनी धीर गति से जा रही थी। सुशील ने अपनी गति बढ़ाई और महिला के आगे खड़ा हो गया।

'जरा इसका रास्ता बता सकती हैं?' सुशील ने पता बढ़ाते हुए पूछा।

महिला जैसे नींद से जागी हो। अलसभाव से पता पढ़ा। अलसभाव से ही बोली—'आइए मेरे साथ।' सुशील चलने लगा। काफी दूर घूमने मुड़ने के बाद महिला खड़ी हो गई।

'यही है मकान।'

सुशील ने देखा—नेमप्लेट पर पूरा पता लिखा हुआ था।

'मगर लेटर बॉक्स?'

'वो यदि दूसरी तरफ से आते तो मिलता। इसके दोनों ओर मुख्य सड़क है।' महिला फाटक खोलते हुए बोली।

'आप भी यहीं जा रही हैं?'

'मैं यहीं रहती हूँ।'

'ओ...' सुनील पीछे-पीछे भीतर गया।

अमृत अपनी पत्नी और सास के साथ इन्तजार कर रहा था।

'बड़ी देर हो गई? मुझे तो शक हुआ कि कहीं खो तो नहीं गए।'

'खो ही गया था। 'ये' मिल गईं।'

'ये' जा चुकी थीं। रहस्यमयी की तरह। मगर सभी समझ गए।

'ये मेरी पत्नी सुरभि और ये हैं मेरी सास, जिनके आप मेहमान होंगे।' अमृत ने परिचय कराया।

चाय के बाद अमृत और सुरभि कमरा दिखाने ले गए। छोटा सा कमरा। कमरे से सटा बाथरूम। खिड़की से खूब हवा आ रही थी और खिड़की से बाहर पार्क के पेड़-पौधे दिखाई दे रहे थे। सुशील को पसन्द आ गया।

'बढ़िया है।' सुशील बोला।

'इसी में मैं और मेरी बहन रहती थी। मेरे पिता के देहान्त के बाद वह और माँ एक ही कमरे में रहती हैं। यह कमरा खाली ही रहता है।'

'वह महिला आपकी बहन हैं?'

'हाँ।'

'वह बीमार हैं क्या?'

'हाँ, नहीं, कोई खास नहीं। माँ उसे अपने ही कमरे में रखना चाहती हैं। अच्छा, आप लोग गपशप कीजिए।' सुरभि चली गई।

जितने दिन सुशील वहाँ रहा, सुरभि की बहन से भेंट नहीं हुई। शाम को आता तो सुरभि की माँ नौकरानी द्वारा कमरे में चाय भिजवा देती। रात और सुबह खुद ही परोस कर खिलाती। किसी-किसी दिन गपशप भी करती। दिन आराम से ही कटे।

अचानक एक दिन सुरभि की बहन फिर से दिख गई। बस स्पीड में आ रही थी और उसके ठीक सामने वह थी। सुशील लपककर उसे अपनी ओर खींचकर जोर से चिल्लाया—'बस!'

बस ने भी ब्रेक लगाया। ड्राइवर कुछ बोल-बालकर चल दिया। सुशील स्तब्ध था। उसे छाती से सटाए हुए। वह अलग हो गई। बोली—'बस के आने का ख्याल नहीं रहा।'

'संयोग से मैं दूसरी ओर था। आपको देख लिया। वरना अनर्थ हो जाता।'

'आप तो मेरे यहाँ ही रहते हैं न?'

'रहता था।'

'अब नहीं रहते?'

'फ्लैट मिल गया है। वहीं जा रहा था। इतवार को शिफ्ट किया है। आप किधर से?'

'मैं एक नौकरी की जुगाड़ में आई थी।'

'कहाँ?'

'एक स्कूल में। शुभ शिक्षा।'

'वो तो मेरे घर से सटा हुआ ही है। चलिए न, एक प्याली चाय हो जाए।'

'ऊँ...'

'मैं इतने दिनों तक आपके घर में रहा, मगर आपके साथ चाय पीने का सौभाग्य कभी भी नहीं मिला।'

'वह कोई जान-बूझकर नहीं।'

'कम से कम मेरा घर तो देख लीजिए।'

'अच्छा...'

वह चलने लगी।

'लोग मुझे सुशील कहते हैं।'

'हाँ। अमृत और सुरभि ने बताया था।'

'आपका नाम जान सकता हूँ?'

'सुगन्धि।'

'आज तक किसी का भी 'यह' नाम नहीं सुना था।'

'कुछ गड़बड़ है इस नाम में?'

'नहीं, नहीं। बहुत सुन्दर है आपका नाम। यही है हमारा घर। ऊपरवाला फ्लैट। आइए।'

छोटा सा फ्लैट था सुशील का। पहलेवाला घर बड़ा था, जिसके एक ओर बैठकी, दूसरी ओर भोजन और काठ के पार्टीशन से रसोईघर की व्यवस्था थी।

बालकनी पर एक ओर कबाड़ था, जो सोने के कमरे के पिछवाड़े में था।

'बढ़िया फ्लैट है।'

सुशील ने केतली में पानी भरकर स्टोव पर चढ़ाया।

ताखे पर से दो मग उतारकर पूछा—'कहाँ पिएँगी? यहाँ या ड्राइंगरूम में?'

'आप जहाँ हर दिन पीते हैं।'

'शाम को तो मैं हमेशा यहीं पीता हूँ।'

'और सुबह में?'

'यहीं।' सुशील हँसने लगा।

'दरअसल बस पकड़ने की जल्दबाजी रहती है। इसलिए सब कुछ जल्दी-जल्दी।'

'ओ! कितने बजे उठते हैं?'

'जब दूधवाला घण्टी बजाता है।'

'और यदि किसी दिन दूधवाला नहीं आया?'

'तो ऑफिस गोल।'

'ओ।'

'दूसरी बस है ही नहीं।'

पानी उबलने लगा। सुशील ने उसी केतली में चायपत्ती, दूध, चीनी डालकर उतार लिया। मग पर छन्नी रखकर चाय छानी। सुगन्धि को स्टूल पर बैठने का संकेत करके खुद ताक पर बैठ गया। चाय की चुस्की लेते हुए बोला–'दूसरी बार जब आप आएँगी तो बाकायदा टी सेट में चाय मिलेगी।'

'तब तो आना ही पड़ेगा।'

'जरूर आना पड़ेगा। बिस्किट खाएँगी?'

'नहीं।'

'मैं दो खा लूँ?'

'जरूर।'

सुशील ने उसी ताक पर से प्लास्टिक का डिब्बा उतारा और खोलकर सुगन्धि की ओर बढ़ाया।

'एक, प्लीज। वरना मुझे लगेगा कि मैं पेटू हूँ।'

सुगन्धि ने एक ले लिया।

'खाना कौन बनाता है।'

'अभी तो खुद ही।'

'खुद ही?'

'मुझे अच्छा लगता है। दिन में तो ऑफिस में खाता हूँ। शाम में जब जैसा मूड। मूड नहीं रहा तो होटल में खा लेता हूँ। नहीं तो दोस्तों के यहाँ न्यौता खोज लेता हूँ।'

इस बार सुगन्धि को हँसी आ गई। दबी-दबी, सूखी सी। मगर सुशील को आकर्षक लगी।

'चलूँगी अब।'

'थोड़ी देर बैठें तो मैं कपड़े बदल लूँ। मुझे भी उधर ही जाना है।'

'बैठती हूँ।'

धुले कपड़े पहनने से पहले सुशील को अपना देह-हाथ धो लेने की जरूरत महसूस हुई। दिन भर धूप, रास्ते की धूल से देह चिपचिपा रही थी। शॉवर के नीचे खड़ा हुआ तो साबुन लगाने की इच्छा तेज हो उठी। उसने आराम से गीत गुनगुनाते हुए साबुन लगाया, शॉवर की फुहार का आनन्द लिया, बदन पोंछा, पाउडर लगाया, धपधप उजला कुर्ता-पाजामा पहना। बाहर निकलने से पहले दुबारा आईने में मुँह भी देखा। फिर निकला।

सुगन्धि कुर्सी पर नहीं थी। रसोईघर की ओर भी नहीं थी। बालकनी पर भी नहीं। चाय के मग धो-पोंछकर रखे हुए थे। केतली भी माँजी हुई थी। मुख्य दरवाजा खुला हुआ था। सुशील घबड़ा गया।

एक दुकान से अमृत के मकान मालिक को फोन लगाया। अमृत घर पर नहीं था। 'आते ही फोन करें' ऐसा कहकर सुशील इन्तजार करने लगा। घण्टे भर बाद फिर से फोन लगाया। अमृत नहा रहा था।

'उनकी पत्नी हैं तो उन्हें ही बुला दीजिए। असुविधा के लिए हजार बार माफी। प्लीज।'

फोनवाली को हँसी आ गई। वह 'देखती हूँ' कहकर फिर गई।

'हैलो।' फोन पर अमृत था।

'अमृत। तुम्हारी साली मिली थी...'

'वह घर आ चुकी है। हम लोग वहीं से आ रहे हैं।'

'भगवान का लाख-लाख शुक्र है।'

'तुम्हारा स्वर उत्तेजित है।'

'कल सविस्तार कहूँगा। अभी रखता हूँ।'

सब कुछ सुनकर अमृत बोला–'मेरी सास को भी यही आशंका थी कि सुगन्धि कहीं आत्महत्या न ,कर ले।'

'लेकिन क्यों?'

'सुरभि उसे दिखाने के लिए डॉक्टर ले आई थी। सुगन्धि हरगिज-हरगिज राजी नहीं हुई। वह घर से निकल गई। चौबीस घण्टे से ज्यादा लापता रही।'

'बीमार हैं?'

'मानसिक गड़बड़ी।'

'ओ! उसने तो कहा कि बस के आने का उसे ध्यान नहीं रहा।'

'यही होता है। दरअसल उसका एक इतिहास है...दुख का इतिहास। मध्यवर्गीय होते हुए भी इन लोगों की शिक्षा-दीक्षा आधुनिक तरीके से हुई। बहुत आजादी मिली हुई थी। हमलोगों को ईर्ष्या होती थी। अब दया आती है।'

'कहा था कि 'शुभ शिक्षा ' नामक स्कूल में नौकरी की तलाश में गई थी।'

'शुभ शिक्षा?'

'यही तो कहा था।'

'वह तो इतनी मेधावी थी...'

'कितनी पढ़ी-लिखी हैं?'

'एमए फाइनल में छोड़ दिया।'

'किसी काम-वाम में लग जाती तो हो सकता है कि ठीक हो जाएँ।'

'सुरभि से कहूँगा। माँ को, बहन को, सबको उसी को देखना पड़ता है। कल काम पर भी नहीं जा सकीं। आप उसके मन की हालत सोच सकते हैं।'

सुशील ने सहानुभूति में सर डुलाया।

'शुभ शिक्षा' स्कूल सुरभि और सुगन्धि की पुरानी दोस्त ने अपनी माँ के साथ

खोला था। सुगन्धि की सहायता करने में काम देने का आश्वासन सुरभि को मिला।

सुशील की इच्छा सुगन्धि को एक बार देखने की होती। सुशील के ऑफिस से लौटने के बहुत पहले ही स्कूल बन्द हो जाता था। फिर भी सुशील हर शाम खुद को स्कूल के फाटक के पास खड़ा पाता। फाटक पर ताला लगा देख चैतन्य होता।

भोर में दाढ़ी बनाते वक्त आईने में कहता—'बाबू सुशील, आप पागल, विक्षिप्त के पीछे क्यों बेहाल हैं?'

अन्तःकरण कहता—'वह पागल नहीं है।'

और शाम में सुशील फिर से पहुँच जाता शुभ शिक्षा स्कूल के फाटक के पास।

सुगन्धि और सुरभि मध्यवित्त परिवार के थे। माँ-बाप बहुत हिसाबी थे। शादी-ब्याह, पर्व-त्यौहार—किसी में भी लोगों ने कभी उन्हें महँगे कपड़े पहने नहीं देखा। उनके यहाँ भोज-भात नहीं होता। जिस समय लोग दस रुपये माहवारी पर बढ़िया नौकर रखते थे, सुगन्धि की माँ दो रुपये माहवारी पर केवल बर्तन माँजने वाली से काम चलाती थी। वे लोग न तो किसी के यहाँ चाय-नाश्ता लेते और न ही किसी से चाय-नाश्ते का आग्रह ही करते।

टोले-मुहल्ले के लोग उन्हें कंजूस तो कहते ही, इसके संग-संग बहुत तरह के किस्से भी गढ़ते रहते, उनलोगों के सिद्धान्त पर।

इन लोगों का खर्च मात्र एक जगह पर था। दोनों बेटियों पर। दोनों बेटियाँ 'बेथुन' में पढ़ती थीं। 'कैलकटा स्कूल ऑफ म्यूजिक' से सुरभि ने पियानो सीखा था और सुगन्धि ने वायलिन। इतवार को 'गीतांजलि' में सुरभि भारतीय नृत्य सीखती और सुगन्धि गायन। गायन स्कूल की पार्टी, पिकनिक, ड्रामा, डिबेट किसी में भी पिता की तरफ से कोई आपत्ति नहीं। अपने मित्रों को घर में लाने की पूरी स्वतन्त्रता थी। अलग जाति के होते हुए भी अमृत और सुरभि के विवाह का स्वागत किया पिता ने। केवल एक ही शर्त रखी—'दोनों बहनें विवाह से पूर्व कम से कम दो साल नौकरी कर लेवें।'

सुरभि बीए पास थी। सेक्रेटेरियल का कोर्स किया हुआ था। एक विदेशी कम्पनी में सेक्रेटरी थी, जब अमृत से उसका विवाह हुआ। देखने में दोनों बहनें सुन्दर थीं। दोनों बहनें तेज थीं। सुगन्धि अधिक मेधावी थी। पिता को सुगन्धि से बहुत आशाएँ थीं। दोनों बहनें पिता को बाउजी और माँ को माँ कहकर बुलातीं।

वैसे तो भास्कर से पहले से ही परिचित थी सुगन्धि, लेकिन घनिष्ठता बाद में होने लगी। सुरभि की शादी के बाद से।

सुरभि और अमृत को भी अच्छा लगता भास्कर। भास्कर के तर्क अकाट्य

होते। बहुत कम ही युवक ऐसे थे, जो खुद को भास्कर का मित्र कहलाने में गौरव का अनुभव नहीं करते।

माँ को सुगन्धि का मित्र वर्ग पसन्द नहीं था। वे सब उसे उच्छृंखल जान पड़ते। जब इकट्ठे होते तो राजनीति की चर्चा। एक दिन एकान्त में सुगन्धि से कहा–'ये दिन-रात राजनीति की चर्चा मुझे नहीं सुहाती है। संगीत चर्चा करो, साहित्य चर्चा करो। इसके बदले पार्टी, पोलित ब्यूरो तो विप्लव तो क्या तो क्या। फालतू की बहस। क्या मतलब है इन सबसे? कहा ही गया है न कि 'कोऊ नृप होहिं, हमें का हानी। चेरी छाँड़ि होयब की रानी?'

'मगर तुम तो रानी बनना चाहती हो।' सुगन्धि माँ को दुलराती बोली।

'एह!'

'हम लोगों पर इतना खर्चा करके पढ़ाया-लिखाया तो इसीलिए न कि किसी राजा की नाक में नकेल डालकर रानी बन जाएँ। तुम हो जाओगी रानी की माँ। क्वीन्स मदर।'

माँ को हँसी आ गई। कुछ आश्वस्त भी हुई। परन्तु जैसे ही फिर से उनके घर में लड़के-लड़कियों का जुटान होता, तो फिर से वही क्रान्ति, वही विप्लव। गीत समेत–रेड फ्लैग, राइफल, रेडबुक।

सुगन्धि की माँ अज्ञात आशंका से सिहर उठतीं। बाउजी से कहती। बाउजी खास महत्त्व नहीं देते। कहते–'ये सब छात्र जीवन के उद्‌गार हैं। पास करेंगे, नौकरी करेंगे, सब कुछ भूल-भाल जाएँगे।'

'मुझे बड़ा डर लगता है। उतना सज्जन अमृत है, मगर वह भी भास्कर के रंग में रँग जाता है। भास्कर तो साधारण घर का है। उसका आक्रोश समझ सकती हूँ। मगर बाप्पी को किस चीज की कमी है? कम्युनिस्टों का राज होगा, तो ऐसे फटफटिया फटफटा सकता है? सबसे पहले तो लोग इन्हीं लोगों को लूटेंगे।'

'ये सब जवानी का उत्साह है। पहले लोग प्रेम करने के पीछे बेहाल रहते थे। अब प्रेम करना छूट गया तो राजनीति के पीछे बेहाल हैं।'

'पागल सब। बुद्धि भ्रष्ट हो गई है सभी की।'

'यह तुम किस लिहाज से बोल रही हो? पढ़ने में तो सभी दिग्गज हैं। दुनिया के हरेक कोने की खबर रखते हैं। हम लोगों के समय में युवा पीढ़ी का ध्यान किसी एक ही ओर को रहता था। किसी का ध्यान केवल सिनेमा पर रहता तो किसी का खेलकूद पर। अच्छे विद्यार्थी अपने को राजनीति से एकदम अलग रखते। इन लोगों को देखता हूँ–जैसे सिनेमा, वैसे ही राजनीति। हर विषय में गूढ़ ज्ञान। यह सब अगर राजनीति में उतरेंगे, तो इस देश की हालत सुधर जाएगी।'

'खाक सुधरेगा। पहले अपना घर सँभालिए। फिर देश की चिन्ता कीजिएगा। बेटी सीमा तोड़ने पर है।'

'अच्छा, अच्छा। जरा स्थिर होकर। सयानी बेटी को मीठे स्वर में समझाना चाहिए। इस तरह से उत्तेजित होकर नहीं।'

'मेरे समझाने की परिधि में सुगन्धि नहीं रही।'

'मैं समझा दूँगा। तुम धीरज रखो।'

बाउजी अनुकूल अवसर की बाट जोहने लगे।

बाउजी और माँ की मैरेज एनीवर्सरी पर दोनों बहनें खूब उत्साह से बाजार-हाट करतीं। खाना बनाती। माँ को कुछ नहीं करने देती। रात में सैंडविच और कॉफी का अल्पाहार। उसके बाद उपहार देतीं। अन्त में दोनों बहनें गीत और कविताएँ सुनातीं।

बाउजी को वही समय उपयुक्त जान पड़ा। दोनों बेटियों को दोनों ओर से बाँहों में भरते हुए बोले—'मेरे जैसा भाग्यशाली पिता पूरी दुनिया में नहीं है। सुगु जब नौकरी पकड़ लेगी तो हम चार महीने सुभु के यहाँ और चार महीने सुगु के यहाँ बिताएँगे और बाकी के चार महीने घूमेंगे।'

दोनों बहनें हँसने लगीं।

'मेरी एक बात याद रखना बेटू!'

'क्या?' दोनों बहनों ने एक साथ ही पूछा।

'राजनीति से खुद को अलग रखना।'

फिर से दोनों बहनें हँसने लगीं।

सुरभि बोली—'बाउजी, राजनीति बिना चलता है क्या? भोर में सबसे पहले अखबार चाहिए। कौन सा नया बिल पास हुआ? किस वर्ग को लाभ हुआ?'

बाउजी हँसने लगे। वातावरण को बिगड़ने नहीं देना चाहते थे। हँसते हुए बोले—'सो तो है। वोट देने से पहले मैं सभी पार्टियों का पर्चा कम से कम तीन बार पढ़ता हूँ।'

'देश का बदन है राजनीति। जिस अंग में रक्त नहीं, वह मृतवत है।' सुगन्धि बोली।

बाउजी गुम हो गए। गोटी बैठ नहीं रही थी। सोच-विचार कर स्वर को करुण बनाते हुए बोले—'मेरे कहने का मतलब यह है कि वैसी राजनीति से दूर रहो, जिसमें दंगा-फसाद, मार-काट होती हो।'

जहाँ अन्याय और उत्पीड़न है, वहाँ तो दंगे-फसाद होंगे ही। जिस जगह दमन, उस जगह विद्रोह।

बाउजी शान्त स्वर में बोले—'हम लोगों ने जो आजादी हासिल की, वह अहिंसा के मार्ग से। अन्याय का विरोध किया, हिंसा का उत्तर दिया, लेकिन सब अहिंसा के द्वारा।'

'रहने दीजिए। केवल अहिंसा के बल पर आजादी नहीं मिली है आपको।

मत भूलिए, विश्व युद्ध हुआ था। भारतीय सैनिक थे। ब्रिटेन पर अन्य देशों का दबाव था।'

'भारत में भी हिंसा व्याप्त थी और ब्रिटिश सरकार उसे दबा रही थी हिंसा से। हिंसा से भयभीत थी ब्रिटिश सरकार।'

'भगत सिंह, खुदीराम बोस वगैरह ने क्या अहिंसात्मक काम किया था?'

बाउजी चुप रहे। दोनों बहनें उत्साह से बोलने लगीं—रह-रहकर हिंसा भड़कती थी और सरकार को भय था—सैनिक विद्रोह का।

'इसके पहले जो 1857 में सिपाही विद्रोह हुआ, सरकार के लिए उसे भूलना कठिन था। वह भी हिंसात्मक ही था—पूरी तरह से।'

'अगला अंक बहादुर शाह की शायरी पर केन्द्रित विशेषांक निकलने वाला है।' बाउजी ने साहित्य चर्चा की ओर मोड़ना चाहा।

'आपके बहादुर शाह तो पेंशन लेकर मातहती की सोच चुके थे। वो तो सिपाहियों ने उसे पकड़ लिया। अंग्रेजों के खिलाफ लड़ने पर बाध्य किया।'

'इतिहास में तो उनका नाम...'

'आप लोगों का इतिहास बुर्जुआ कुत्तों ने लिखा है, बुर्जुआ कुत्तों के पढ़ने के लिए।' बात काटते हुए सुगन्धि बोली।

'सोया जाए अब। कल काम पर जाना है।' बाउजी अपना हाथ सरकाते हुए बोले।

'मैं भी यही सोच रही हूँ।' माँ ने समर्थन में कहा।

उत्सव समाप्त हो गया।

बाउजी को बड़ी देर तक नींद नहीं आई। करवट फेरते हुए बोले—'मेरी बेटी ने मुझे कुत्ता कहा?'

'यह आपकी बेटी की नहीं, भास्कर की भाषा है।' माँ बोली।

'इतनी शिक्षा-दीक्षा का ये परिणाम?'

'जैसे भी हो, वैसे इन सबको भास्कर की संगत से अलग कीजिए। वरना बेटियों से हाथ धोना पड़ जाएगा।'

बाउजी मौन रहे।

छोटकी तो गतालखाने में पहुँच ही रही है, बड़की भी चली जाएगी और उसके साथ-साथ दामाद भी।'

बाउजी पस्त थे।

'जब देखो, तब गुरुजनों को गाली। और उससे गौरवान्वित होते। कोई सम्मोहन जड़ी जैसे घुसा दी हो भास्कर ने।'

बाउजी सोचते रहे।

बाउजी ने अपनी कम्पनी के चेयरमैन से मुलाकात की। अर्जी बार-बार भेजते रहे। कारण लिखा—व्यक्तिगत।

बाउजी किसी यूनियन में सक्रिय नहीं थे। वे काम छोड़कर किसी से कोई मतलब नहीं रखते थे। इसी से चेयरमैन को भी आश्चर्य हुआ। बाउजी पीए से कुछ भी कहने को राजी नहीं हुए। अत्यन्त गोपनीय और व्यक्तिगत लिखकर मिलने का प्रार्थनापत्र फिर से भेजा।

चेयरमैन कुछ विरक्ति तो कुछ कौतूहल के साथ राजी हो गए। बाउजी ने अपने दामाद अमृत के तबादले का अनुरोध किया।

'आपका दामाद? वह इस कम्पनी में काम करता है?'

'जी नहीं। मगर आप लोगों की तो सभी कम्पनियों के डायरेक्टरों, चेयरमैन से बातचीत होती रहती होगी।'

'है। लेकिन किसी के काम में मैं हस्तक्षेप तो नहीं कर सकता।'

'जी नहीं। अनुरोध करने की प्रार्थना है। वरना मेरा सर्वनाश हो जाएगा।'

बाउजी ने धीरे-धीरे सब कुछ कह सुनाया। कुछ भी नहीं छुपाया। सुगन्धि ने जो बुर्जुआ कुत्ते की उपाधि दी थी, वह भी।

बाउजी स्वाभिमानी व्यक्ति थे। काम का रेकॉर्ड बेदाग था। नौकरी के शेष भाग में कैसा अनुरोध करना पड़ रहा है।

'देखता हूँ, क्या कर सकता हूँ। मैं कोई वचन नहीं दूँगा। वैसे मुझे आपसे पूरी सहानुभूति है।'

'मेरे लिए वही बहुत है। धन्यवाद सर!' बाउजी उठ गए। पैर थोड़े से लड़खड़ा रहे थे।

चेयरमैन यह देख रहे थे।

छुट्टी का दिन था। सुशील अपनी बालकनी की सफाई कर रहा था। अचानक देखा कि 'शुभ शिक्षा' स्कूल के सामने कुछ गाड़ियाँ लगी हुई हैं। टीचर्स एक-एक करके बच्चों को गाड़ियों में बैठा रही हैं। यदि सुगन्धि हो इसमें? सुशील बाहर निकल गया। स्कूल के पास से अन्तिम गाड़ी जा रही थी। सुगन्धि फाटक के भीतर जा रही थी। स्थिर, मंथर गति में।

सुशील प्रतीक्षा करने लगा।

सुगन्धि निकली तो उसकी नजर सुशील पर पड़ी। वह आश्चर्य से बोली—'आप?'

'आज छुट्टी है। आपका स्कूल बन्द नहीं है?'

'बन्द ही है। रिहर्सल चल रही है।'

'कब होगी?'

'गर्मी छुट्टी से पहले।'

'क्या सब होगा?'

'छोटे-छोटे डान्स, गीत, ड्रामा—जो सब स्कूलों में होता है।'

'आप क्या सिखा रही हैं?'

'कुछ खास नहीं। सबने मिल-जुलकर तैयार किया है। मैं भी...उसी में गाती हूँ।'

'मुझे एक काम था आपसे।'

'क्या?'

'मैं एक टी सेट खरीदना चाहता हूँ। यदि आप पसन्द कर देतीं।'

'कब?'

'अभी ही? कोई काम है?'

'नहीं। लेकिन मेरी पसन्द...'

'मुझे आपकी ही पसन्द का चाहिए। बाजार भी दूर नहीं है।'

'यहाँ की दुकान से खरीदिएगा?'

'तो और कहाँ से?'

'सुरभि खरीदती है 'चन्दूलाल' में।'

'मैं यहीं खरीदूँगा।' सुशील हँसते हुए बोला। सुगन्धि को भी हँसी आ गई।

'मुझे आपसे माफी भी माँगनी है।' चलते-चलते सुशील बोला।

'क्यों?'

'उस दिन मुझे बहुत देर हो गई थी।'

'किस दिन?'

'एक दिन मैं आपको अपना फ्लैट दिखाने ले गया था।'

'फ्लैट दिखाने?'

'भूल गई?'

सुगन्धि ने याद करते हुए कहा–'हाँ, आपने मुझे बैठने के लिए कहा था। वह मैं भूल गई। घर पहुँचकर याद आया। लेकिन फिर से भूल गई। अभी याद आया। मुझसे गलती हो गई।'

'गलती मेरी थी। मैं नहाने लगा था।'

'मगर मुझे बैठना चाहिए था। मैं कभी-कभी सब कुछ भूल जाती हूँ। आपको यकीन नहीं होता है?'

'होता है।'

सुगन्धि की समझ में नहीं आया। वह खड़ी-खड़ी सुशील का मुँह ताकने लगी। सुशील ने उसका हाथ पकड़ते हुए कहा–'आप जैसा इन्सान झूठ बोलने में अक्षम होता है।'

'मैं तो हर चीज में अक्षम हूँ।'

'ऐसा मैं नहीं समझता।'

'क्यों?'

'ऐसे ही। आपसे जब मुलाकात होती है, मुझे अच्छा लगता है। इच्छा होती है,

थोड़ी देर साथ रहने की।'

'थोड़ी देर ही रह सकते हैं।'

'क्यों?'

'देरी होने से मन अकुलाने लगता है। डर भी लगने लगता है।'

'कैसा डर?'

'नहीं पता। मात्र डर। इसके बाद फिर और कुछ भी याद नहीं रह जाता। केवल भाग जाने की इच्छा होती है। किसी सुरक्षित जगह में।'

'तब तो आज छोड़ दीजिए। आपकी बस के आने का समय भी हो गया है।'

'आप कह रहे हैं?'

'हाँ। कल स्कूल के बाद आ सकती हैं?'

'हाँ।'

'कब छुट्टी होती है?'

'रिहर्सल के बाद।'

'टिफिन तो होती ही होगी।'

'एक घण्टा।'

'तो ऐसा कीजिए। टिफिन के बाद छुट्टी ले लीजिए और रिहर्सल के पहले पहुँच जाइए। याद रहेगा?'

'शायद।'

'लिख लीजिए न। कल टिफिन नहीं लाना है। 'पन्नी' में दोसा खाना है। टी सेट खरीदना है। नोटबुक है?'

'है।'

'कल खोलना याद रहेगा?'

'सुबह में सभी टीचर्स को खोलना ही पड़ता है।'

'देखिए।'

'सुगन्धि ने स्कूल कार्यक्रम की डायरी दी। सुशील ने उसमें अगले दिन का कार्यक्रम लिख दिया। फिर बिना पूछे ही सुगन्धि के बैग में रख दिया। सुगन्धि को बस पर चढ़ाकर अपने फ्लैट में लौट आया। खूब मन लगाकर घर की साफ-सफाई की।

दूसरे दिन सुशील ने लंच-ब्रेक से पहले ही छुट्टी ले ली। शुभ शिक्षा के फाटक पर सुगन्धि खड़ी थी।

'बहुत भूख लगी है न?' सुशील ने पूछा।

'जितनी हर दिन लगती है।' सुगन्धि ने हँसते हुए जवाब दिया। दोसा खाते हुए सुशील ने पूछा—'पहले खाया है दोसा?'

'खाया है।'

'कहाँ?'

'कॉलेज के बाहर ठेले पर लेकर आता था। सुरू और मैं दूसरे बहुत सारे दोस्तों के साथ खाती थी।'

'पन्नी' के दोसे से अधिक स्वादिष्ट था?'

'सो याद नहीं है।'

सुशील की इच्छा हुई कि सुगन्धि अपने छात्र जीवन की बातें बताए। लेकिन शायद सुगन्धि कुछ बोलने के मूड में नहीं थी। क्या सोच रही है सुगन्धि? किस दुनिया में खो गई है। आँखें इतनी सूजी-सूजी क्यों लग रही है? सुशील की उपस्थिति भूल गई क्या?

'चलिए अब। टी-सेट खरीदा जाए।' सुशील ने धीरे से सुगन्धि का हाथ छूते हुए कहा।

सुगन्धि उठकर खड़ी हो गई। सुशील उसका हाथ पकड़कर चलने लगा। हृदय का स्पंदन बढ़ गया। सुगन्धि का स्पंदन? सुशील ने एक नजर सुगन्धि की ओर डाला। भावरहित चेहरा। सुशील ने जो उसका हाथ पकड़ा था, उसके कोई मायने नहीं थे शायद।

शायद दुकान की गहमा-गहमी से सुगन्धि की तन्द्रा भंग हुई। चेहरे के भाव स्वाभाविक हो गए। सुशील आश्वस्त हुआ।

'सुरभि के यहाँ ऐसा ही टी-सेट है।'

'मैं सुरभि का नकलची बनना नहीं चाहता।'

सुगन्धि को हँसी आ गई। दुकानदार ने डिब्बा खोलते हुए कहा—'यह लेटेस्ट है।'

सुगन्धि ने नापसन्द में गर्दन झुका दी। वह उठकर दुकान के उस हिस्से में गई, जहाँ छुट्टे कप-प्लेट रखे हुए थे।

'यह आपकी सुबह की चाय के लिए।'

'ठीक है।'

'यह शाम के लिए।' दूसरा कप दिखाते हुए बोली।

'और विशिष्ट बन्धु-बान्धव?'

'खोजती हूँ। आप पूरे सेट में चाहते हैं?'

'हाँ।'

'तो उस ओर भी खोजना होगा।'

सुशील व सुगन्धि ने खोज-खोजकर रंग और आकार मिलाया। बढ़िया सेट बन गया।

दुकान से निकलने के बाद सुशील ने कहा—'आपके कारण मेरे ढेर सारे पैसे बच गए।'

'कैसे?'

'मैं तो कोई भी बना-बनाया सेट खरीद लेता। पता ही नहीं था कि रियायती माल में से खोजने में इतना बढ़िया सेट बन सकता है।'

'मेरी माँ ऐसे ही खरीदती थी। केवल क्रॉकरी ही नहीं, कपड़े-लत्ते भी। जब दाम में कम और देखने में दामी मिलता, तभी खरीदती। खोजती रहती दिन-प्रतिदिन। सवारी का किराया जोड़कर दाम लगाती। उसके बाद सस्ते-महँगे का निर्णय करती। वह सहज में ही हार माननेवाली इन्सान नहीं हैं। इसलिए मिल भी जाता।'

'हार तो आपने भी नहीं मानी। और मुझे भी मिल ही गया। अब मेरा एक और अनुरोध मान लीजिए।'

'क्या?'

'इस टी-सेट का उद्घाटन भी कर दीजिए।'

'कैसे?'

'इसमें चाय पीकर। रिहर्सल के लिए तो साढ़े तीन बजे जाना है न? उसके लिए काफी समय है।'

'जैसा कहिए।'

सुगन्धि पैकेट खोलकर टी-सेट धोने लगी। अपने ही मन से। सुशील को अच्छा लगा कि सुगन्धि स्वाभाविक हो सकती है, यदि सुशील कोशिश करे तो।

सुशील ने पानी की केतली स्टोव पर चढ़ाते हुए पूछा–'आज किधर पिएँगी?'

'बालकनी में, कुर्सी पर बैठकर?'

सुशील ने अपनी बालकनी पर दो कुर्सियाँ और एक टेबल लगा दिया। इच्छा हुई फूलों के दो गमले रखने की।

सुगन्धि ने चाय बनाई। लेकिन ले जाने के लिए कोई ट्रे नहीं मिली। उसने एक-एक कर चाय का इन्तजाम टेबल पर किया।

सुशील बोला–'अगली बार आप आएँगी तो यहाँ पर फूलों का गमला देखेंगी।'

'उससे पहले आपको एक ट्रे खरीदना है।' सुगन्धि चाय ढालते हुए बोली।

'मैं दोनों चीजें एक ही दिन खरीदूँगा।' सुशील चाय की चुस्की लेते हुए बोला।

सुगन्धि ने भी अपनी चाय की चुस्की लेते हुए कहा–'नए टी सेट में चाय का स्वाद बढ़ गया है। नहीं?'

सुशील को बड़ी जोर से हँसी आ गई। सुगन्धि भी हँसने लगी।

इस बार भी सुगन्धि अपने ही मन से चाय के बर्तन धोने के लिए ले गई। सुगन्धि धोती गई, सुशील पोंछ-पोंछकर सजाता गया।

'चलूँगी अब।' सुगन्धि हाथ पोंछते हुए बोली।

'फिर कब आएँगी?'

'कह नहीं सकती।'

'मैं कहूँ?'

'कहिए।'

'आप अपनी छुट्टी की डायरी मुझे दे दीजिए। हर छुट्टीवाले दिन हम लोग कुछ प्लान बना लेते हैं।'

'किसका?'

सुशील ने थोड़ा सोचकर कहा—'मुझे यह फ्लैट रहने लायक बनाना है। बहुत खर्च करना नहीं चाहता। आज टी सेट खरीदने के बाद उम्मीद बँधी कि यह काम भी किया जा सकता है, यदि आप मदद करें।'

'चलूँगी अब।'

'चलिए।'

दोनों चुपचाप स्कूल के गेट तक आए। फाटक पर सुशील ने पूछा—'फ्लैट सँवारने में मेरी मदद करेंगी न?'

'यदि अँधेरा नहीं घिरेगा...'

'मतलब?'

'कुछ याद करने की उत्कण्ठा...'

'क्या?'

'वही तो नहीं समझ पाती हूँ। बड़ा सा अन्धकार...जिसका भेद जानना चाहती हूँ।'

'क्या?'

'पता नहीं। इसके बाद कुछ भी हो नहीं पाता। आज मगर हो गया।'

'आपसे जिस दिन हो सके, उसी दिन कह दीजिएगा। बाकी दिन मैं आपका इन्तजार करूँगा।'

'बहुत देर नहीं हो जाएगी?'

'कौन जाने? अभी तो मेरी इच्छा इन्तजार करने की हो रही है।'

'चलूँगी अब।'

'ठीक। मगर मेरी मदद करनी पड़ेगी।'

स्वीकृति में सर डुलाकर सुगन्धि भीतर चली गई। सुशील देखता रहा। जब ओझल हो गई, तब सुशील के मुँह से निकला—'आज तीन बार हँसी।'

सुशील की इच्छा हुई कि उसी समय अमृत के पास जाकर उसे बताए कि आज सुगन्धि तीन बार हँसी है। सुशील ने हँसाया है।

सुगन्धि की वजह से सुरभि, अमृत और सुशील की दोस्ती गहरी होने लगी।

सुरभि ने कहा—'सुशील! वह तुम्हारी बात मानती है। किसी तरह से उसे डॉक्टर के पास ले जाने के लिए राजी करो।'

'इससे यदि वह गुस्सा गई तो? तब तो जितना कर सकता हूँ, उतना भी नहीं

कर पाऊँगा।'

'सही बात।' अमृत ने कहा।

ऑफिस में अमृत ने सुशील से कहा–'सुशील! तुम बहुत ज्यादा खिंच रहे हो। जरा लगाम दो। बाद में ऐसा न हो कि खुद ही सँभल न पाओ।'

सुशील ने गर्दन झुकाकर अस्वीकार कर दिया। अमृत बोला–'वह कितना ठीक हो पाएगी, कहना मुश्किल है। मान लो कि बढ़ ही जाए, तो उसका परिवार तुम्हें दोष दे सकता है। तुम्हारे मन पर चोट पहुँचेगी, सो अलग।'

'मुझे दोष क्यों देंगे?'

'लोगों का यही स्वभाव होता है। लोग वजह खोजने लगते हैं। उस समय सबसे सहज कारण तुम्हीं मिलोगे, क्योंकि तुम्हीं से सबसे ज्यादा मुलाकात होती हैं।'

'सुरभि समझदार है।'

'मैं सुरभि की बात नहीं कर रहा हूँ। उसकी माँ के बाबत कह रहा हूँ। सुगन्धि हमेशा से स्वतन्त्र मनोवृत्तिवाली इन्सान रही है। मगर जो भी उसके संगी थे, वह उन्हीं पर दोष मढ़ती रही है। इतना ही नहीं, उसने दल से निकलकर अपनी जो लाइन पकड़ रखी है, उसके प्रति उनका आक्रोश और भी ज्यादा है।'

सुशील कुछ नहीं बोला। उसने सुगन्धि से मिलना नहीं छोड़ा। सुगन्धि को अपने यहाँ बुलाने के लिए सुशील को कोई बहाना नहीं खोजना पड़ता। वह कभी भी बिन बुलाए आ जाती। सुशील के लिए सैंडविच बनाती।

सुगन्धि साधारण रसोइया थी, लेकिन सैंडविच गजब का बनाती थी। हर बार एक नई सुगन्ध। हल्की, सांकेतिक। सूँघने की इच्छा को तेज करती। मुँह में पानी भरती। कागज जैसी पतली रोटी को स्लाइस कहती। काम के बाद ऐसी सफाई करती कि लगता, वहाँ कोई काम ही नहीं हुआ है। सुशील मोहित हो जाता। सुगन्धि के जाने के बाद बड़ी देर तक सुगन्धि के बारे में सोचता रहता।

कभी-कभी कहीं घूम-फिर आने का प्रस्ताव रखता। सुगन्धि द्वारा प्रस्ताव मान लेने पर उपलब्धि का बोध होता। सुशील ने थिएटर जाने का प्रस्ताव रखा। सुगन्धि मान गई।

मध्यान्तर के बाद सुशील ने अपनी बगलवाली कुर्सी खाली पाई। लगा कि आ जाएगी। नाटक खतम हो गया। सुगन्धि नहीं आई। सुशील घबड़ा गया। बाहर-भीतर सब जगह खोजा। सुगन्धि नहीं मिली। वह अमृत के पास गया। उसे सब कुछ बताया।

'तुम माँ के पास मत जाओ।' सुरभि ने सलाह दी।

'उन्हें लगेगा कि तुम्हारी वजह से ही वह चली गई।' अमृत ने खुलासा किया।

‘और यदि वह होगी?’ सुशील ने पूछा।

‘तो कल स्कूल पहुँच जाएगी।’

‘यदि नहीं पहुँची?’

‘तब क्या कर सकते हैं। पहले भी तीन-तीन दिन लापता हो जाती थी। हम लोग हैरान, परेशान। फिर पता नहीं कहाँ से अपने-आप आ जाती है। एक बार तो घर के पास जो पार्क है, उसी में बेंच पर बैठी मिली। एक बार काम करनेवाली उसे पहचानकर पहुँचा गई।’

‘मगर जब से स्कूल में काम करने लगी है, तब से ऐसा कुछ तो नहीं किया है न?’ सुरभि बोली।

‘तुमने बताया था कि इधर कुछ दिनों से वह विचलित सी लग रही थी।’ अमृत ने याद दिलाया।

‘सो तो थी। बार-बार माँ से पूछती रहती। मुझसे भी पूछती थी।’

‘क्या?’ सुशील ने पूछा।

‘बार-बार पूछती थी कि...बाउजी मेरे ऊपर क्यों बिगड़े थे? मैं कहाँ गई थी?’

‘बिगड़े थे?’

‘आन्दोलन में जाने से रोका था शायद।’ अमृत बोला।

‘वो सब कुछ याद नहीं है। वही सब याद करते वक्त ऐसे हो जाती है।’ सुरभि बोला।

‘तुमने कैसे समझा?’

‘डॉक्टर ने कहा था एक बार। मगर यह तो डॉक्टर के नाम से ही बिदक जाती है।’

‘मैंने तो डॉक्टर की चर्चा तक भी नहीं की थी।’ सुशील बोला।

‘नहीं। लेकिन मेरी माँ सोचेगी कि आपने कोई पुरानी बात याद दिला दी होगी। असल में डॉक्टर ने नहीं, मेरी माँ ने ही बताया था डॉक्टर को। डॉक्टर से तो सुगन्धि ने बात भी नहीं की थी।’

सुशील चला गया। सारी रात ठीक से सो नहीं सका। सुबह स्कूल के फाटक के पास गया। देखा, सुगन्धि भीतर जा रही है। धीरे-धीरे, अन्यमनस्क भाव से। आश्वस्त हुआ। तय किया कि अब सुगन्धि से कोई सम्पर्क नहीं रखेगा। सीधे-सहज रास्ते पर चलेगा। जैसे इतने दिनों तक चलता रहा है। शान्तिमय। लेकिन यदि सुगन्धि अपने ही मन से आ गई तो?

‘सुगु, तुम्हें भास्कर का साथ छोड़ना होगा।’ बाउजी बोले।

सुगन्धि ने कोई जवाब नहीं दिया।

‘वरना मेरी नौकरी पर बन आएगी।’

'सो कैसे?' सुगन्धि ने पूछा।

'मुझे बार-बार संकेत दिए जा रहे हैं। भास्कर का रेकॉर्ड बहुत खराब है। और लोग-बाग उसके साथ तुम्हें हमेशा देखते हैं।'

'भास्कर ने क्या किया है?'

'शकुन्तला आटा मिल का यूनियन लीडर अस्पताल में पड़ा हुआ है। उसकी रीढ़ की हड्डी टूट गई है।'

'भास्कर ने नहीं तोड़ी है उसकी हड्डी। उसके अपने मजदूरों ने मिलकर तोड़ी है।'

'भास्कर की उस बात पर।'

'उसने मालिक के साथ अपनी साँठ-गाँठ बनाकर रखी हुई थी। भास्कर ने उसे उघाड़कर रख दिया मजदूरों के सामने।'

'वो जो करे, करने दो। तुम उसमें मत पड़ो।'

'मैं तो पड़ चुकी हूँ।'

'तो निकल आओ। त्यागपत्र दे दो।'

'सो तो नहीं हो सकेगा।'

'क्यों? अपने बाप के लिए तुम्हारे मन में इतना भी भाव नहीं है?'

'बहुत है। मगर...'

'मगर?'

'मनुष्य होने के नाते, मनुष्य के प्रति मेरे कुछ कर्तव्य हैं।'

'कर्तव्य! जरा सुनूँ तो कि क्या है तुम्हारे कर्तव्य?'

'एक मनुष्य का शोषण दूसरे मनुष्य द्वारा किए जाने का विरोध।'

'उसके बहुत सारे रास्ते हैं। मार-काट का यह रास्ता सभ्य समाज का रास्ता नहीं है।'

'जो जितना सभ्य है, वह उतनी ही हिंसा करता है। और कानून के अर्क से सब कुछ पचा ले जाता है। क्योंकि कानून भी इन्हीं सभ्य लोगों के बनाए हुए हैं।'

बाउजी गुम्म हो गए। क्या बोलें, कुछ सूझा नहीं। थोड़ी देर के बाद नम्र स्वर में फिर बोले—'सिर्फ एक साल और बचा है मेरी नौकरी का। इतने दिनों में तो तुम एमए कर ही लोगी।'

'मैं परीक्षा नहीं दे रही।'

'क्यों?'

'मैं राजनीति में जा रही हूँ।'

'राजनीति कि गुण्डागर्दी।'

'गुण्डों के लिए गुण्डागर्दी, राजनीतिज्ञों के लिए राजनीति।'

'राजनीतिज्ञ। जरा मैं भी तो समझूँ कि तुम्हारी नजर में कौन है राजनीतिज्ञ?'

सुगन्धि चुप रही। बाउजी उत्तेजित हो गए थे। बोले–'जो राष्ट्रपिता को नकारे, नेहरू को अस्वीकारे, सुभाषचन्द्र बोस को गाली दे, ऐसे ही घटिया लोगों से तुम राजनीति सीख रही हो? हुँह! चेयरमैन माओ। थूकता हूँ मैं।'

'माओ-त्से-तुंग जैसा व्यक्ति एक युग में नहीं, कई-कई युगों के बाद एक बार जन्म लेता है।'

'तो माओ-त्से-तुंग के देश में जाकर रहो। मेरे देश में रहोगी तो गाँधी-नेहरू को मानकर ही रहना पड़ेगा।'

बाउजी काँपने लगे।

सुगन्धि स्थिर स्वर में धीरे-धीरे बोली–'गाँधी-नेहरू धनी वर्ग के नेता हैं। माओ-त्से-तुंग गरीबों के नेता हैं, जिनके पास अपनी देह के अलावा कुछ है ही नहीं। विश्व भर के सर्वहारा वर्ग के नेता। गाँधी-नेहरू तो मात्र एक देश के आभिजात्य वर्ग के नेता हैं।'

'चु...प...।' बाउजी चिल्ला उठे।

'आपने ही शुरू किया है, मैंने नहीं। आप चिल्ला रहे हैं, मैं नहीं।'

बाउजी चुप हो गए। दुर्बलता का आभास हो रहा था। क्षीण स्वर में फिर से बोले–'कभी भी अपने लिए नहीं सोचा। दोनों बेटियों के अलावा और किसी ओर कभी कोई ध्यान नहीं दिया।'

'मैं इससे इनकार नहीं करती हूँ।'

'स्कूल का ट्रिप दार्जिलिंग गया। ढाई सौ के हिसाब से सीधा पाँच सौ एक बार में ही लग गए। जयपुर के ट्रिप में साढ़े चार सौ। एक बार भी सोचा तक नहीं।'

'हम लोगों के लिए आपने जितना किया, आपसे बहुत बड़े-बड़े लोग भी उसे करने में हिचकिचाएँगे। नृत्य, गायन, शिक्षा-दीक्षा–किसी में भी कोई कोताही नहीं की।'

'उसका अच्छा फल मिला है मुझे।'

'अच्छी शिक्षा का फल अच्छी नौकरीवाला दूल्हा पाना नहीं है। अच्छी शिक्षा का अर्थ है–अच्छी तरह से सोचने की सामर्थ्य। उचित कर सकने का साहस।'

'उचित यदि सफलता नहीं मिले?'

'इसके लिए कोशिश छोड़ देना कायरता है।'

'बड़े बहादुर सब हैं।'

सुगन्धि कुछ नहीं बोली।

बाउजी धीरे-धीरे समझाने के स्वर में बोलने लगे–'कोई भी समस्या ऐसी नहीं है, जिसका समाधान शान्तिपूर्वक न निकाला जा सके। तुम लोगों को जो अनुचित जान पड़ता है, उसे लिख सकते हो। अखबारों में छपवाकर सरकार का ध्यान

आकर्षित कर सकते हो।'

'बाउजी, यह डिबेटिंग सोसाइटी नहीं है कि हजार रुपये का पुरस्कार पाकर, अखबार में फोटो छपवाकर निश्चिन्त हो गए। यह है विप्लव। एक महान क्रान्ति, जिस पर अमल करना हम लोगों का लक्ष्य है।'

'जो भी करो, कानून के तहत करो।'

'कानून तो विरोधी वर्ग के बनाए हुए हैं।'

'आखिर तुम लोग चाहते क्या हो?'

'क्रान्ति।'

'अपनी क्रान्ति की परिभाषा समझा सकती हो मुझे?'

'क्रान्ति कोई प्रीतिभोज नहीं है और न ही साहित्य समारोह। क्रान्ति एक संग्राम है, जिसमें एक वर्ग दूसरे वर्ग को पछाड़कर शासन की डोर अपने हाथ में लेता है। यही है क्रान्ति।'

'मैं हाथ जोड़ता हूँ। तुम इन सबमें मत पड़ो।'

सुगन्धि ने जवाब नहीं दिया।

'मुझे मर जाने दो। तब जो मर्जी हो, करना। मेरी बेटी का नाम गुण्डों के गिरोह में लिखा जाय, यह सहन नहीं हो सकेगा मुझसे। नहीं, नहीं। मेरी बेटी! अपने बूढ़े बाप के लिए इतना कर। तुम इन डकैतों के गिरोह से निकल जाओ।'

'यह तो समय का फेर है बाउजी। एक समय ऐसा आएगा कि अभी का शासक वर्ग डकैत कहलाएगा।'

बाउजी के बदन में फिर से आग लग गई। कड़े स्वर में बोले—'मैं तुम्हें भास्कर के साथ देखना नहीं चाहता हूँ। भास्कर यदि कभी इस घर में आया तो मैं खुद ही पुलिस में खबर कर दूँगा।'

'भास्कर पर कोई वारंट नहीं है।'

'मैं झूठ बोलूँगा। कहूँगा कि तुम लोग बम बना रहे हो। एक-एक को पकड़वाऊँगा।'

'बिना किसी दोष के ही?'

'तुम लोग निर्दोष हो ही नहीं सकते। चौबीसों घण्टे मार-काट के अलावा और कुछ नहीं सोचते हो।'

'यह आपका भ्रम है।'

'चुप! पटर-पटर मुँह पर जवाब देती जा रही है। मेरे ही घर में। यह मेरा घर है। किसे घर में घुसने दूँ और किसे निकाल दूँ, यह एकमात्र मेरा अधिकार है। जाओ अदालत, करो मुकदमा।'

'मैं मुकदमा क्यों करूँगी?'

'तो फिर छोड़ो भास्कर का साथ। जब तक भास्कर का साथ नहीं छोड़ोगी, तब

तक मेरे घर में नहीं रह सकती हो।'

'यदि आपकी यही इच्छा है तो यही होगा।'

'क्या?'

'मैं नहीं रहूँगी यहाँ।'

'लेकिन भास्कर का साथ नहीं छोड़ोगी? यही करना है तो अभी ही चली जाओ। मैं समझूँगा कि मेरी एक ही बेटी है। मैं...मैं समझूँगा...कि मेरी बेटी मर गई। मैं समझूँगा...मैं समझूँगा...मैं समझूँगा...'

'बाउजी। स्थिर होइए।'

'स्थिर होऊँ! तुम जैसी सन्तान जिसे रहेगी, वह स्थिर हो सकता है? उम्र पूरी होने से पहले ही मर जाऊँगा मैं। तुम्हारे लिए भास्कर मुझसे ज्यादा महत्त्वपूर्ण है। मैं कल ही तुम्हारे नाम पर नेव-केश (श्राद्ध की प्रक्रिया, जिसमें नाखून, बाल कटाए जाते हैं—अनु.) करा लूँगा। जाओ, अभी चली जाओ। निकल जाओ।'

और सुगन्धि ने घर छोड़ दिया।

बाउजी को विश्वास था कि सुगन्धि पिता के मन को समझेगी। इसलिए लौट आएगी। भास्कर का साथ छोड़ देगी।

सुगन्धि ने ऐसा कुछ भी नहीं किया। कुछ दिन बाद लोगों ने यह अफ़वाह उड़ाई कि सुगन्धि और भास्कर ने शादी कर ली है। फिर कुछ दिन बाद खबर उड़ी कि वे लोग कट्टर नक्सलवादी हैं। भूमिगत हैं।

बाउजी फिर चिल्ला उठे—'मेरे सामने कोई भी उसका नाम मत लो। मैं यदि उसका नाम सुनूँगा तो आत्महत्या कर लूँगा।'

बाउजी ने सुगन्धि का नाम नहीं सुना। सुनानेवाला था ही कौन? रिटायर हो चुके थे। घर पर ही रहते थे। अमृत कम्पनी के काम से विदेश गया हुआ था। बाउजी की जिद पर सुरभि भी अपनी कम्पनी से अवैतनिक छुट्टी लेकर अमृत के साथ चली गई।

घर में केवल दो प्राणी। दोनों में से कोई भी सुगन्धि का नाम नहीं लेता। लेकिन कभी भी सुगन्धि को भूल नहीं सके। बाउजी जब अखबार लेकर बैठते तो माँ कहती—'जोर से पढ़िए।'

बाउजी जोर से पढ़ने लगते। नक्सलवादी आन्दोलन, गिरफ्तारी, भूमिगत हो जाना। पाकिस्तान का युद्ध, बांग्लादेश की स्वीकारोक्ति और तब आया आपातकाल।

अधिकांश लोगों को आपातकाल पसन्द नहीं था। लेकिन बाउजी अल्पसंख्यकों की ओर थे। माँ से कहते—'देखो, ट्रेन अब समय पर आती है। अखबारों में भी उकसाने की प्रवृत्ति कम हो गई है। 'इमरजेन्सी' अत्यावश्यक है।'

इसके बाद बाउजी चुप हो जाते। माँ काम करने लगती। बाउजी का अखबार पढ़ना बन्द हो जाता तो माँ अपनी कोठरी में अखबार पढ़ती। मुख्य पृष्ठ नहीं।

भीतरी पन्ने की छोटी-छोटी खबरें, खोज-खोजकर।

बहुत सारे नक्सलवादी पार्टी छोड़ रहे थे। सुगन्धि और भास्कर? कहाँ थे वे लोग? बाउजी भी कोठरी में आ जाते। उनकी आँखों में भी वही प्रश्न रहता। कितने साल हो गए सुगन्धि को देखे हुए? बचपन में बड़ी चंचल थी। स्कूल में मेधावी छात्रा के रूप में गिनी जाती थी। पुरस्कार जीतना तो उसके लिए बाएँ हाथ का खेल था।

'इसे पढ़ा?' माँ ने पूछा।

'क्या?'

'यह वही छोकरा है। फटफटियावाला।'

'कौन छोकरा?'

'जिसे सभी बाप्पी कहते हैं। देश छोड़ देने की खबर है। यानी पार्टी छोड़ देने की।'

'समझदारी का काम किया।'

'वह तो धनी परिवार का है। यहाँ भी बढ़िया काम मिल जाता। उसने देश क्यों छोड़ दिया?'

'अरे, यहाँ रहने से यह गिद्धों का दल उसे छोड़ेगा? इस संगति से बाहर निकलने का यही उपाय है।'

'बड़ी चालाकी से निकल भागा। सबको फँसाकर खुद पार।'

'उसका कौन सा दोष था? ये लोग उसे फँसाकर पार्टी में लाए थे।'

'सो क्या वह दुधमुँहा था? सभी तो समान ही उम्र के थे।'

'तुम्हारे में यह दोष घुसता जा रहा है। अपनी सन्तान का दोष दूसरों पर मढ़ना चाहती हो।'

'मैं किसी पर दोष नहीं मढ़ती हूँ। अपने अदृष्ट पर मढ़ती हूँ।' माँ रोने लगी। बाउजी ने उसके आँसू पोछ दिए। अपनी भी आँखें भीग रही थीं। चारों आँखों में प्रश्न घूमते–यदि सुगन्धि और भास्कर भी बाप्पी के साथ चले गए हों?

'वही बढ़िया। तीनों में बड़ी दोस्ती थी।'

'यदि किसी बात पर लड़ाई हो गई हो? बाप्पी ने पार्टी छोड़ दी हो?' सुगन्धि भास्कर से अलग हो गई हो?'

'कहाँ है सुगन्धि?'

'क्या खाती है?'

'कैसे रहती है?'

बाउजी सुगन्धि की खबर के लिए छटपटा रहे थे।

खुसुर-फुसुर खबर आ रही थी कि सुगन्धि और भास्कर जेल में हैं। किस जेल में? शायद पूर्णिया जेल में। पूर्णिया जेल में पहले थे। अब सम्भवतः भागलपुर

जेल में हैं।

आपातकाल लगा हुआ था। लोग-बाग खुलकर खबर लेने से डरते थे।

खुसुर-फुसुर खबर आई कि कुछ लोग छूट गए हैं। उन सबने अब कभी भी हिंसात्मक राजनीति में सहयोग नहीं देने का करार किया। छूटने का अन्य कोई उपाय नहीं था।

खुसुर-फुसुर खबर आई कि कुछ लोग पकड़े गए। अपने ही संगी-साथियों ने पकड़वा दिया। इनाम के लोभ में। जाने कितने कैडरों को इससे वितृष्णा हो गई। उन लोगों ने पार्टी छोड़ दी।

सुरभि और अमृत विदेश से वापस आ गए थे। वे लोग भी कान लगाए रहते। खुसुर-फुसुर सुनते।

जेल में बन्दियों की संख्या इतनी ज्यादा हो गई कि ए क्लास के बन्दियों के लिए उचित शौचालय की व्यवस्था नहीं हो रही थी। ऐरे-गैरों को भी एक ही कोठरी में ठूँस दिया गया था। शयन, शौच एक ही जगह। अलाने की घुट्टी तक गू में डूबी हुई रहती है। फलाने के हमेशा मल में रहने के कारण पैर में घाव हो गए हैं। डॉक्टर, दवाई का कोई इन्तजाम नहीं है। ढिमकाना तो जाने कब से पार्टी छोड़ना चाहता है, लेकिन अपनी ही पार्टी के भय से त्रस्त है। ढिमकाने को तो अपनी ही पार्टी के लोगों ने भरी दुपहरिया में कमोड में गोंतकर मार डाला।

किसी ने पार्टी छोड़ने की इच्छा क्यों जाहिर की थी?

सुगन्धि की कोई खबर नहीं आती। माँ का मन अकुलाने लगता। वह सूने घर में बोल उठती–'कहाँ छुप गई यह अभागी? किसी के मुँह से नाम भी नहीं सुनती हूँ।'

बाउजी मन ही मन बोलते–'सुगन्धि कहाँ है?' नहाते वक्त, खाते वक्त, सोते वक्त। उठने की देर कि पहला प्रश्न। एक बार, दो बार, बार-बार। मन में एक ही प्रश्न–'सुगन्धि कहाँ है?'

सुगन्धि अस्पताल में थी। बीस दिनों से बेहोश। पुलिस बाउजी को ले गई–शिनाख्त के लिए।

मृत्यु और जीवन के बीच त्रिशंकु की तरह लटकी सुगन्धि बेसुध पड़ी हुई थी।

यह क्या सुगन्धि है? हड्डी का ढाँचा, आँखें बन्द, नाक में ट्यूब। हाथ में, पैर में चीर-चीरकर नस खोजकर सुई लगाई हुई। ट्यूब लगी हुई, बोतल टँगी हुई। पहलेवाली सुगन्धि का कोई लक्षण ही नहीं था उस नरकंकाल में।

'सुगु, सुगु, मेरी बच्ची! यह क्या हो गया तुम्हें?' माँ कलप उठी।

बाउजी देखने लगे मुँह का गढ़न, नाक पर का तिल, पैर के दाग।

'माँ!' सुरभि भी आ गई थी। उसने माँ को अपनी ओर करके उसे छाती से सटा लिया। अमृत खड़ा होकर देखने लगा– यह तो है सुगन्धि।

सुरभि रो रही थी। वह बहन को पहचान गई थी। माँ भी देखते ही पहचान गई।

बाउजी कैसे नहीं पहचानते! सुगन्धि! उनका गौरव! बहुत आस थी बाउजी को अपनी इस बेटी से। सुगन्धि! बाउजी की महान पराजय। हाँ, यही तो थी, जो बाउजी की सारी आशा-अभिलाषा को मिट्टी में फेंककर चली गई थी। एक पल भी क्या बिसार सके थे बेटी को? सुगन्धि का सब कुछ वैसे ही याद था उन्हें। बाल के नीचे साइकिल से गिरने के दाग समेत। हाँ, यही थी सुगन्धि। प्रचण्ड उग्र पंथी, नक्सलवादी नेता भास्कर की सहयोगिनी एवं पत्नी।

'पत्नी?' बाउजी ने गर्दन हिलाकर अस्वीकार कर दिया।

हाँ, पत्नी। रजिस्ट्री ऑफिस में इसके प्रमाण थे। पुलिस के साथ मुठभेड़ में भास्कर मारा गया। बारूद से जेल की दीवाल उड़ाने का इन्तजाम कर रहा था। सरकार को खबर मिल गई। गोली चलानी पड़ी। भास्कर की मृत्यु तत्काल हो गई। सुगन्धि को भी गोली लगी। तीन। जाँघ के ऊपर। मरी नहीं। मौत किसी भी समय हो सकती है। डॉक्टर को भरोसे का कोई लक्षण नहीं मिल रहा था। सब कुछ नीचे और नीचे जा रहा था। जिस किसी भी क्षण लीला समाप्त हो जानी थी। बस, साँस बन्द हो जाने की प्रतीक्षा थी।

सुगन्धि की साँस बन्द नहीं हुई। हालत क्रमशः सुधरने लगी। सुगन्धि बच गई। बाउजी ने जमानत दी। घर लेकर आए। सरकारी डॉक्टर देखने आते। सुगन्धि जाने लायक नहीं थी। उसका व्यक्तित्व बदल गया था। पुरानी घटनाओं की कोई चर्चा नहीं करती। नई घटनाओं में कोई रुचि नहीं लेती। भावहीन दृष्टि।

बाउजी पत्रिकाएँ लाकर देते। सुगन्धि उलट-पुलटकर रख देती–बिना पढ़े ही। सुरभि अपने संगी-साथियों की बातें सुनाती-सुनाती बीच में ही चुप हो जाती। सुगन्धि कुछ नहीं सुन रही थी। माँ रुचिकर खाना देती। सुगन्धि खा लेती–बिना कोई रुचि लिए ही। हरदम चुप, गुमसुम।

'तू हमेशा क्या सोचती रहती है?' माँ ने पूछा।

सुगन्धि ने कोई जवाब नहीं दिया।

'आज वसन्त पंचमी है। चल, पूजा देखकर आते हैं।'

'नहीं।'

डॉक्टर ने पूछा–'आज कैसी हैं?'

'ठीक हूँ।'

'भूख लगी है!'

'लगी है।'

'क्या खाओगी?'

'जो मिलेगा।'

‘किसी खास चीज की इच्छा?’

‘जो मिले।’

‘कुछ फरमाइश करो।’

सुगन्धि कुछ नहीं बोली।

बाउजी अखबार लेकर आए। बोले—‘आज का अखबार देखा? चुनाव हो रहा है।’

सुगन्धि ने कोई उत्सुकता नहीं दिखाई। चुनाव परिणाम निकलने पर सुरभि उत्साह से हुलसती हुई आई।

‘सुगु! तख्ता पलट गया। इन्दिरा गाँधी हार गई।’

सुगन्धि पर कोई प्रतिक्रिया नहीं हुई। चुपचाप सुरभि का मुँह ताकती रही। सुरभि डर गई। पूछा—‘इन्दिरा गाँधी कौन है?’

‘प्रधानमन्त्री।’

‘भूतपूर्व प्रधानमन्त्री।’ सुरभि जोर से ठहाके लगाकर हँसने लगी। सुगन्धि वैसे ही गुमसुम रही। सुरभि हँसते-दौड़ते बाउजी के पास गई। बोली—‘बाउजी! सुगु का दिमाग एकदम ठीक है। कमजोर हो गई है, इसलिए गुमसुम रहती है। हम लोगों को धैर्यपूर्वक प्रतीक्षा करनी होगी।’

बाउजी थे गाँधी, नेहरू के भक्त। काँग्रेस पार्टी के समर्थक। लेकिन इस बार जनता पार्टी की जीत से भीतर ही भीतर उन्हें अच्छा लगा।

नई सरकार से सुगन्धि के ऊपर से मुकदमा उठा लिया गया। सुगन्धि पर उसका कोई असर नहीं हुआ। वैसी ही गुमसुम।

‘पता नहीं, समझती भी है कि नहीं।’ बाउजी को सन्देह हुआ।

‘जैसी भी है, जीने दीजिए। आँखों से देख तो रही हूँ। मुझे और कुछ नहीं चाहिए।’ माँ रोने लगी।

‘सुरू कहती है कि स्वस्थ होने पर ठीक हो जाएगी।’

बाउजी खुद को आश्वासन देते। जब-तब सुगन्धि को खूब गौर से देखते। कोई परिवर्तन नहीं। वैसे ही गुमसुम।

बाउजी मर गए।

क्रिया-कर्म सुरभि ने किए। सुगन्धि को बगल में बिठाया। सुगन्धि बैठी। कुछ बोली नहीं। वैसे ही गुमसुम। सब कुछ सम्पन्न हो जाने पर, जब दो ही जन रह गए, माँ सुगन्धि को अपने अंक में भरकर रोने लगी—‘सुगु, सुगु, बाउजी चले गए। अब वे कभी भी नहीं आएँगे। कभी भी नहीं। मैं विधवा हो गई।’

सुगन्धि अपनी माँ की ओर देखने लगी। माँ ने सुगन्धि का चिबुक पकड़कर कहा—‘कुछ बोलो बेटा?’

‘मैंने तुम्हें विधवा बना दिया।’

‘धत! तुम किसलिए बनाओगी? बूढ़ा-बूढ़ी थे। या तो वे विधुर होते या मैं

विधवा। दुख केवल इतना ही है कि तुम्हारे साथ बढ़िया से बातचीत नहीं हो सकी। इसका दुख लिये हुए ही चले गए।'

'मैंने उन्हें बहुत दुख दिए हैं।'

'कौन ऐसा इन्सान है, जिसने केवल सुख ही सुख पाया है? किसी को पहले, किसी को बाद में, दुख और सुख मिलते ही हैं। तुम हँसने-बोलने लगोगी तो उन्हें स्वर्ग में सुख मिलेगा। तुम अपने-आप को इस तरह से खाली मत बनाओ।' माँ और भी फफक-फफककर रोने लगी।

सुगन्धि चुपचाप शून्य में ताकती रही।

सुगन्धि से सम्पर्क तोड़ लेने का निश्चय तो कर लिया सुशील ने, मगर निबाह नहीं सका।

शुक्रवार को ऑफिस खतम होने से पहले ही छुट्टी लेकर शुभ शिक्षा के फाटक के पास खड़ा हो गया।

'आप? इतनी जल्दी?'

'आप नहीं चाहती हैं तो मैं कभी भी नहीं आऊँगा। लेकिन, एक बार, अन्तिम बार इतवार को मेरे यहाँ आइए।'

'क्यों?'

'कोई खास कारण नहीं। आपके साथ बैठकर दो बातें। बस, इतना ही।'

'मैं बातचीत कहाँ कर पाती हूँ?'

'मैं बोलूँगा, आप सुनिएगा।'

'कहाँ सुन सकती हूँ मैं?'

'आप बहरी नहीं हैं, इसका यकीन है मुझे।'

'गूँगी भी नहीं।'

सुशील को हँसी आ गई। बोला—'तब?'

'मैं कुछ नहीं हूँ।'

'मेरे लिए बहुत हैं।'

'कैसे?'

'सो मैं नहीं समझा सकता हूँ। आप इतवार के दिन आएँगी?'

'आ जाऊँगी।'

'याद रहेगा?'

'शायद रहेगा।'

'डायरी दीजिए। लिख देता हूँ।'

सुगन्धि ने डायरी दे दी।

इतवार को सुगन्धि फूल लेकर आई। टेबल पर बण्डल देखकर उत्साह से बोली 'पर्दे आ गए?'

'छाँट-छूँट भी दिया। जैसा कहा था।'

'पर्दे लगाए नहीं?'

'मुझे लगाने कहाँ आता है?'

सुगन्धि को हँसी आ गई। सुशील को बड़ी अच्छी लगी सुगन्धि की हँसी। वह बण्डल खोलता बोला—'अब कहिए, कौन सा किधर लगाऊँ?'

पर्दे टँग गए तो सुशील एक खाली डिब्बा ले आया। उसमें फूलदानी में रखे फूल डाल दिए। खाली फूलदान सुगन्धि के पास रखकर बोला—'ये फूल इसी में रखिए।'

'आप मुझे बहुत महत्त्व दे रहे हैं।'

'आप बहुत महत्त्वपूर्ण हैं मेरे लिए—मैं चाय का पानी चढ़ाकर आता हूँ।'

फूलदान में फूल ख़ोंसते हुए सुगन्धि बोली—'अब आपको दीवाल पर लगाने के लिए एक-दो पेंटिंग या पोस्टर भी खरीदने चाहिए।'

'मैं कुछ नहीं खरीदूँगा। आपको ही खरीदने होंगे।'

'आप तो ऐसे कह रहे हैं, जैसे यह मेरा ही घर हो।'

'मैं इसे आपका ही घर समझता हूँ।'

'क्यों?'

सुशील ने पास आकर कहा—'मैं चाहता हूँ कि आप यहीं रहें। हमेशा।'

'सो तो नहीं हो सकता।'

'क्यों?'

'आप नहीं समझेंगे।'

'आपका स्कूल भी यहाँ से नजदीक है। बस के लिए खड़ा नहीं होना पड़ेगा। कुछ दिनों में मुझे फोन भी मिल जाएगा। आपकी जब भी इच्छा हो, सुरभि से बात कर लीजिएगा। दोनों बहनें प्रोग्राम बनाकर माँ को घुमा लाइएगा।'

'इतना काफी नहीं है।'

'क्यों?'

'मेरे भीतर प्रेम करने का अणु मर चुका है।'

'मैं वो कहाँ माँग रहा हूँ?'

'सम्भवतः दोस्ती निभाने में भी असमर्थ हूँ।'

'मैं इसके लिए भी राजी हूँ।'

'सो कैसे?'

'आप मेरे साथ एक व्यक्ति बनकर रहिएगा। दोनों जन रोज दो बातें करेंगे।'

'आपकी और कोई अपेक्षा नहीं रहेगी?'

'मैं इन्तजार करूँगा।'

चाय का पानी उबलने लगा। सुगन्धि का फूल सजाना हो चुका था। दोनों ने

मिलकर चाय बनाई और पीने के लिए बालकनी में ले गए।

चाय पीते हुए सुगन्धि बोली–'जब अँधेरा हमला करता है, तब मैं सब कुछ भूल जाती हूँ।'

सुशील ने कहा–'अब से तुम अकेली नहीं हो। हम दोनों मिलकर उस अँधेरे का मुकाबला करेंगे।'

'आप कहेंगे तो मैं जाऊँगी डॉक्टर के पास।'

'मैं कुछ नहीं कहूँगा। तुम चाहोगी तो मैं ले चलूँगा तुम्हें डॉक्टर के पास।'

'मुझे डॉक्टरों से डर लगता है।'

'मुझे मालूम है। कोई उपाय खोजूँगा और कौन जाने, कोई ऐसा डॉक्टर मिल जाए, जिससे तुम्हें डर नहीं लगे।'

सुगन्धि कुछ नहीं बोली। कोने में स्टूल पर रखे गमले की ओर देखती रही। हरे फर्न के गुच्छे पर सूर्य की किरणें टेढ़ी-मेढ़ी रेखाएँ बना रही थीं। जहाँ धूप थी, वहाँ का रंग खुलता हरा और जहाँ धूप नहीं पड़ रही थी, वहाँ गाढ़ा, कालिमा लिये हरा रंग लग रहा था।

सुशील सुगन्धि का एक हाथ अपने हाथ पर रखकर बोलने लगा–'मैं बहुत बढ़िया इन्सान होने का दावा नहीं करता। लेकिन लुच्चा-लम्पट नहीं हूँ, यह जानता हूँ।'

सुगन्धि ने सुशील के हाथ पर अपना दूसरा हाथ रखकर कहा–'आप बहुत अच्छे हैं। मुझे अच्छे लगते हैं।'

'तो फिर कह दो कि तुम यहाँ रहोगी।' सुशील ने अपना हाथ सुगन्धि के हाथ पर रखकर कहा। सुगन्धि कुछ नहीं बोली। अपने हाथ भी नहीं झटके। सुशील को लगा, जैसे उसकी ही तरह सुगन्धि भी अनुभव कर रही है। आश्वासित भरा स्पर्श।

सुशील ऑफिस से लौटा तो सुगन्धि की माँ को अपने फ्लैट के पास प्रतीक्षा करते पाया।

'माँ! मुझे बुला लेतीं। इतनी दूर से। इतनी तकलीफ।'

'अमृत और सुरभि से सब कुछ सुनने के बाद मैंने सोचा कि एक बार अपने मुँह से तुम्हें चेता दूँ। पश्चाताप छोड़कर और कुछ नहीं मिलेगा तुम्हें।'

'पहले भीतर तो आइए।'

सुशील ताला खोलकर माँ को भीतर ले गया। कुर्सी पर बिठाया। पानी का गिलास टेबल पर रखकर खुद भी बैठ गया।

माँ ने कमरे में चारों ओर नजरें दौड़ाई।

'सब सुगन्धि की करामात है।' सुशील ने कहा।

'सुरभि ने बताया था। तुम मेरी कल्पना से बहुत ज्यादा अच्छे हो। मैं अनुगृहीत हूँ। लेकिन, तुम किसी तरह का कोई दण्ड भोगो, मैं यह कभी भी नहीं चाहूँगी। मैं भी एक माँ हूँ।'

'दण्ड?'

'आपके माता-पिता को स्वीकार्य होगा?'

'शायद नहीं।'

'मैं भी राय नहीं दूँगी। दिन पर दिन बीत जाते हैं, उसके चेहरे पर हँसी की पतली रेख भी दिखाई नहीं देती मुझे। कितनी-कितनी रात मैं यही सोचते बिता देती हूँ कि किस उपाय से उसकी आँखों से एक बूँद आँसू गिरे। नहीं, मैं नहीं दूँगी यह सब।'

'आप आशीर्वाद तो दे सकती हैं?'

'इस तरह से मत उलझाओ मुझे। जैसी है, जिस तरह से है, मेरे पास है। मैं इसी से सन्तुष्ट हूँ। बाद में यदि तुमसे नहीं हो पाया, तो दूसरा झटका नहीं सह पाएगी मेरी सुगन्धि। या फिर क्या तुम्हीं सह सकोगे?'

'भविष्य तो अभी दूर है।'

'सुगन्धि तुम्हारे लिए एक चुनौती है। नया उत्साह है। जब थक जाओगे तो लगने लगेगा कि ठगा गए।'

'लेकिन ठगनेवाला भी तो मैं ही रहूँगा।'

'सो लोगों को याद रहता है क्या? किसी को भी याद नहीं रहता है। तुम रेत पर दुमहला खड़ा करना चाहते हो। यह कैसे सम्भव है। बिना ठोकर के ही भरभरा जाएगा।'

'तो क्या विफलता के भय से प्रयास छोड़ दूँ?'

'मत बोलो यह वाक्य। बहुत बार सुन चुकी हूँ यह शब्द। मटियामेट हो गया सब कुछ इस एक शब्द के पीछे। कहाँ गया भास्कर? जिसके भीतर-भीगे तिनके से ब्रह्माण्ड को प्रज्वलित करने की शक्ति थी? और बाप्पी? जो देश के लिए किसी त्याग को छोटा नहीं समझता था। देश ही छोड़कर चला गया। और मेरी सुगन्धि? जो फूल से भी अधिक महकती थी, चिड़ियों से भी ज्यादा चहचहाती थी, दुनिया को बदलने की कोशिश में खुद ही बदल गई। सब बेकार है, बेकार। बेकार के काम।' माँ रोने लगी।

सुशील ने माँ की आँखें पोछ दी। जैसे बाउजी पोछ देते थे। फिर धीरे-धीरे बोला—'नहीं। कुछ भी बेकार नहीं गया है। उन लोगों ने सोई हुई चेतना को जगाया है। मुझमें। अमृत में। हम जैसे हजारों-हजार लोगों की चेतना जाग्रत की है। और उसे आप व्यर्थ कहती हैं?'

'क्या तुम भी थे उस आन्दोलन में?' माँ ने पूछा।

सुशील को हँसी आ गई। बोला–'मैं बड़ा ही साधारण इन्सान हूँ। हमेशा माँ-बाप की इच्छा के मुताबिक सब कुछ किया। जीवन में पहली बार अपना लक्ष्य मिला है। उस पर अमल करना चाहता हूँ। हो सकता है कि आपका अनुमान सही निकले। मैं विफल हो जाऊँ। लेकिन यदि सफल हो जाऊँ? धीरे-धीरे सुगन्धि ठीक हो जाए? बारिश के बाद इन्द्रधनुष की तरह?'

लघुपति नहीं, उद्योगपति

बहुत जगह भटका नवीन, मगर कहीं भी स्थायी नौकरी नहीं मिली।

इधर प्रेमलता के बाप की एक ही रट—'जब तक नौकरी नहीं, तब तक शादी नहीं।'

नवीन निरुत्तर हो जाता। प्रेमलता भी चुप्पी मार लेती।

हमेशा बेकार नहीं रहता था नवीन। दो-चार महीने पर पाँच-छह महीने के लिए छिटपुट काम मिल जाता। फिर छूट जाता।

नवीन के पास जब काम रहता, तब प्रेमलता माँ को फुसलाती। माँ स्वीकृति देने का अनुरोध बाप से करती। लेकिन बाप टस से मस नहीं होता—सिर हिलाकर बोलता—'कम से कम साल भर नौकरी करे और रुपये जमा करे। पासबुक देखकर मैं सोचूँगा। नहीं तो बाद में मेरे ही माथे पर बैठ जाएगा।'

'कभी बैठा है?' प्रेमलता भिनभिनाती।

माँ को हँसी आ जाती। पति को समझाती बोलती—'यह तुम्हारा अन्याय है। वह बेचारा कभी भी खाली हाथ नहीं आया है।'

उसे कहो कि सन्देश-वन्देश लाने की जरूरत नहीं है। यहाँ आने में वह जो समय जाया करता है, वह न करके दिल जमाके नौकरी खोजे। अपनी बेटी को भी समझा दो। खामख्वाह उसके पीछे न दौड़े। हमेशा डोरी नचाता...और वह सब कुछ छोड़-छाड़कर बन्दरिया की तरह नाचती...'

'...आह! नौकरी नहीं मिलती है तो क्या करे वह बेचारा...'

'जो मर्जी हो सो करे। मगर मेरी बेटी उससे बात नहीं करेगी। यह मेरा हुक्म है।'

प्रेमलता ने नहीं माना हुक्म। वह नवीन से मिलती ही रही।

प्रेमलता का बाप सिलीगुड़ी अस्पताल में छोटा माली था। बँधी-बँधाई तनख्वाह मिलती। उस पर से बीवी, बेटे, बेटी के सहयोग से घर पर बीजा-जारा-कलम तैयार करता। उसे बेचकर ऊपरी आमदनी होती। कोशिश में लगा हुआ था कि किसी भी तरह से प्रेमलता को अस्पताल में दाई की नौकरी मिल जाए।

प्रेमलता भी खुशामद में लगी हुई थी।

बाजार दर से आधे रेट पर चौका-बर्तन करती। सभी से विनम्र व्यवहार। किसी तरह से एक स्थायी नौकरी मिल जाए, बस।

मगर, प्रेमलता को नौकरी नहीं मिली। जिसे मिली, वह आठवीं कक्षा पास थी। प्रेमलता ने छठी में फेल होकर पढ़ाई छोड़ दी थी।

'कहता था कि पढ़ाई में मन लगा।'

बाप चिल्लाने लगा। प्रेमलता भी उफन रही थी। चिल्लाकर बोली—'कहा तो था कि ट्यूशन पर जाऊँगी। नौकरी मिलने पर चुका दूँगी। तो नहीं, पहले नौकरी कर।'

'दस ट्यूशन पर जाती, तब भी फेल करती। जैसे लक्षण थे...चाहे जो हो जाए, सिनेमा तो होना ही चाहिए। और तू क्यों हँस रहा है? तुम्हारा भी वही हाल होगा। पढ़ाई न काम-धन्धा।' बाप अपने बेटे श्रीमान को हँसते देख और भी भड़क उठा।

बेटा हँसी रोकने की कोशिश करता बोला—'काम तो करता ही हूँ।'

'कपार करता हूँ, आज भी दयाल साहब उपराग दे रहे थे।'

'वहाँ चाहे जितना भी काम करो, वे कभी मानेंगे नहीं।'

'कल मैं खुद ही गया था। तुम्हारा कहीं अता-पता नहीं था। जब देखो, तब अमिताभ बच्चन बना और बहिन हेमा मालिनी बनी दौड़ते रहेंगे सिनेमा। सबसे जरूरी काम वही है। उस पर से गब्बर सिंह बना हुआ यह नवीन। खुद तो बेकार है ही। इन लोगों को भी बेकार बनाने में तत्पर। जहाँ दो पैसे मिले कि दौड़ पड़े सिनेमा। खबरदार जो उसके साथ बात की तो।'

मगर दोनों में से किसी ने भी अपने बाप की बात नहीं मानी। श्रीमान दयाल साहब के यहाँ टहलुआ का काम करता था। नवीन वहीं मिलने आ जाता। प्रेमलता की विफलता का समाचार वहीं मिला।

प्रेमलता दिन भर रोती रही। शाम में मुँह-हाथ धोकर बस अड्डे पहुँची। नवीन प्रतीक्षा करता मिला। कहा—'यह तो पहली बार है। मुझे देखा। कौन-कौन काम नहीं पकड़ता हूँ। क्या-क्या खुशामद नहीं करता हूँ एक परमानेंट नौकरी के लिए, सभी समझते हैं कि मैं नौकरी करना नहीं चाहता।'

प्रेमलता और भी रोने लगी। रोते-रोते ही बोली—'काम करो या मत करो, मगर मुझे यहाँ से ले चलो। भूखी रहना मंजूर है मुझे।'

'मैं तुम्हें भूखी रहने दूँगा? नवीन उसकी पीठ पर हाथ रखकर मीठी आवाज में बोला—'जरा सबर करो।'

'अब सबर नहीं। बाप खटा-खटाकर मार देगा। मैं कितना खटती हूँ, तुम्हें पता नहीं है। मेमसाब केवल तड़का लगाकर चली जाती हैं। जल जाए तो मेरा कसूर और बढ़िया तो उनका नाम। घर आओ तो बीज-चारे में हाथ बँटाइए।

बाउजी का क्या है? हुकुम डाँटकर चले जाते हैं। तामील करते हैं हम लोग। अब एक नया सुर चढ़ा है—खाद बनाने का सड़ा गोबर गींजते-गींजते मन तक गन्धाने लगता है। और हफ्ते में एक दिन सिनेमा जाओ तो उसमें भी आँख लगती है।'

नवीन चुप ही रहा। उसे सब कुछ पता था। अपने वर्ग के लोगों में प्रेमलता के बाप की हालत बीस थी। छह बच्चों के होते हुए भी किसी को भूखा-नंगा नहीं रखता था। लेकिन हरेक से कड़ा काम लेता। चाहे स्कूल में पढ़े अथवा नौकरी करे, घर में अतिरिक्त आमदनी के लिए खटना ही पड़ता।

'क्या सोच रहे हो?' प्रेमलता ने पूछा।

'परसों से एक काम मिलने की आशा है। लेकिन एक ही महीने के लिए।'

'क्यों?'

'मेरा दोस्त पसांग है न! वह देस जा रहा है। उसी का काम।'

'बस पर की कुलीगिरी?'

'हाँ, वही। मगर दार्जिलिंग देखना हो जाएगा।'

'वहीं तुम्हारा भाग्य खुल जाएगा।'

'तुम्हारे मुँह में दूब-अक्षत। हर बार तुम यही कहती हो।'

'एक न एक बार तो फलेगा ही। मेरे बाउजी भी, सुनते हैं कि शुरू-शुरू में बहुत भटके। भटकते-भटकते सिलीगुड़ी के अस्पताल में ठौर मिला। इतना पास रहते हुए भी कभी दार्जिलिंग नहीं दिखाया। मेमसाब अपनी बहन की शादी में बीनागुड़ी ले गई थी। काम रहते हुए भी वहाँ पर जो थोड़ा-बहुत घूमी-फिरी, यहाँ आने की देर कि जूठा गींजो...'

'जूठा गींजो?'

'अब हमारे यहाँ जूठा फेंका नहीं जाता है। दूसरे के यहाँ की जूठन भी बटोरकर मुर्गी का बीट बुहारकर, दोनों को मिलाकर गाड़ दिया जाता है। महीने भर पहले का गाड़ा हुआ उखाड़कर सब कोई मिलकर पॉलीथिन में भर-भरकर सील करते हैं। इसके बाद बाउजी आते हैं महाराजाधिराज बनकर। पैकेट गिनकर ले जाते हैं बेचने के लिए।'

नवीन कुछ नहीं बोला। मन में भावी ससुर के प्रति सराहना के भाव उगे। और जो कुछ भी हो, बुड्ढा धन कमाने की युक्ति जानता है। मगर यह बोलने पर प्रेमलता बिगड़ जाएगी।

'चाय पियोगी?'

'ऊँ हूँ!'

'क्यों?'

'वहाँ मिलती है।'

'मगर आज तो काम पर नहीं गई थी।'

'उससे क्या? हर दिन कोई जरूरी थोड़े न है?'

'चलो, पी लो।'

'नहीं, बेकार में पैसे खर्च करोगे। अभी तो काम भी नहीं मिलते हैं।'

'परसों से मिल जाएगा।'

'एक ही महीने के लिए।'

'उससे क्या? आज पी लो। इतना है।'

चाय पीकर प्रेमलता चली गई।

नवीन अब छह बजे भोर में ही बस पर चला जाता। शाम में छह से पहले नहीं लौटता। बस पर प्रति व्यक्ति दो रुपये के हिसाब से सामान चढ़ाता और उसकी चौकीदारी करते हुए दार्जिलिंग पहुँचाना और उसी तरह दार्जिलिंग से वापस सिलीगुड़ी ले आना उसका काम था। दिन भर प्रेमलता से भेंट नहीं होती।

प्रेमलता मुँहअँधेरे ही उठकर बस अड्डे आ जाती। शाम में भी कोई न कोई उपाय भिड़ाकर पहुँच ही जाती। नवीन के लिए बढ़िया खाना लेकर।

प्रेमलता का मन अब चौका-बर्तनवाले काम में नहीं लगता। लेकिन निरुपाय थी। अपने साथ रख लेने के लिए रोज नवीन से विनती करती। नवीन के साथ कोई भी काम करने को राजी थी। भूखी रहना भी मंजूर था।

महीने दिन बाद नवीन के काम के अन्तिम दिन प्रेमलता अपने कपड़े-लत्ते, चीज-वस्तु लेकर नवीन के साथ बस की छत पर बैठकर दार्जिलिंग भाग गई।

नवीन ने उपाय कर लिया था। अब नौकरी के लिए नहीं भटकेगा। दार्जिलिंग में चौराहे पर चाय की फेरी लगाएगा। भुटनी दुकानदारिनें उससे चाय खरीदने का आश्वासन दे चुकी थी।

तराई इलाके में मात्र नेपाली ही नहीं, दूसरी-दूसरी जातियों के युवक-युवती भी भागकर शादी करते थे। महाकाल का हर काल शुभ माना जाता। भोर, दोपहर, शाम, जब भी पहुँचे, जैसे पहुँचे, जो भी पुजारी होते, महाकाल को साक्षी रखकर विवाह करा देते।

मध्यम आयवाले कई अभिभावक भी अनजान से बन जाते। अस्वीकृति रहते हुए भी सन्तान को भागकर ब्याह कर लेने का प्रोत्साहन देते। इसमें किसी भी प्रकार की सम्मान हानि नहीं मानी जाती।

नवीन और प्रेमलता ने भी वही किया। तुङसुङ में पचपन रुपये महीने पर एक कोठरी, एक बन्द बरामदे का घर। पचपन रुपये में एक बड़ी सी केतली। अपने बाप के यहाँ वक्त-बेवक्त के लिए रखा एक पुराना स्टोव प्रेमलता उठा लाई थी। उसी से व्यापार शुरू कर दिया। भुटनियों के अपने मग थे। केतली से सीधा मग में भी चाय ढाल देता। दो रुपये मग।

सीजन अभी शुरू नहीं हुआ था।

भरे कुहासे को चीरकर, बीच-बीच में खूब धूप हो जाती। स्थानीय लोगों को मॉल के बेंच पर बैठकर धूप सेंकना अच्छा लगता। गरम चाय का लोभ हो आता। किसी रेस्तराँ में चार रुपये से कम में नहीं मिलता। और नवीन बेचता दो रुपये ग्लास।

नवीन ने एक और केतली, पचास ग्लास और केरासिन का बढ़िया खाली टिन खरीदा, पानी रखने के लिए।

दार्जिलिंग में नल में कब पानी आएगा, यह तय नहीं रहता। प्रेमलता चौकन्नी रहती। जैसे ही पानी आता, अपना टिन भरकर रख लेती।

प्रेमलता खटने की आदी थी। मगर वहाँ के खटने और यहाँ के खटने में अन्तर था। मायके में ज्यादातर काम बैठकर करती थी। खाने-पीने की तकलीफ नहीं थी। इसलिए सभी भाई-बहनों की गुलथुल देह थी। प्रेमलता जब भरी टिन पीठ पर लादकर पहाड़ पर से उतरती, तो सारी देह दपकने लगती। नवीन को डर लगता कि प्रेमलता कहीं फिसल न जाए। नवीन ने उसे पानी लाने से मना कर दिया। एकदम आदेश की मुद्रा में।

मगर प्रेमलता कौन सा मानने वाली थी? तुङसुङ के अलावा अगल-बगल, जहाँ कहीं भी नल में पानी देखती, पहुँच जाती। बड़ा नहीं तो छोटा ही सही। डालडे का टिन, केतली, जेरीकैन, सब में पानी भरती रहती।

धीरे-धीरे प्रेमलता का गुलथुलपन गायब हो गया, शरीर छरहरा हो गया। वह सलवार-कमीज पहनकर, दोनों हाथों में दो भरे कैन लेकर नीचे उतरने में अभ्यस्त हो गई।

नवीन भी ताक लगाए रहता। कई सारे जेरीकैन उसने खरीद लिए थे। चौराहे से नीचे एन बी सिंह रोड तक में जिस किसी भी पाइप में पानी आता, नवीन लाइन में अपना कैन लगा आता।

चाय के अलावा कॉफी भी बेचता नवीन। भोर में केवेंटर से जरा सा हटकर टूरिस्ट बस लगती। बस की प्रतीक्षा करते बहुत से मुसाफिर नवीन की कॉफी पीते। बहुत से दुकानदार दुकान खोल, एक ग्लास गरम नेस्कैफे पीकर काम शुरू करते।

आठ बजे भुटनियाँ अपने माल सहित पहुँचतीं। नवीन उनके पॉलीथिन टाँगने में उन सबकी मदद कर देता। सुबह में भरा पानी उन्हीं सबके जिम्मे लगा देता। साढ़े दस बजे की चाय के लिए फिर से पानी ढोकर नहीं लाना पड़ता।

दोपहर तीन बजे दोनों व्यक्ति अपना माल सरंजाम लेकर फिर से ऊपर आते। जब तक नवीन एक केतली चाय मॉल पर घूम-घूमकर बेचता, तब तक प्रेमलता हवाघर में चाय की दूसरी केतली तैयार कर लेती। ग्लास भी धुलकर तैयार रहते। नवीन फिर से 'गरमचा' कहकर घूमने लगता।

अनेक हॉलीडे होम रहने के कारण, असली सीजन से काफी पहले ही पर्यटकों का आगमन शुरू हो जाता।

नवीन की आमदनी बढ़ने लगी। काम भी बढ़ गया। अब मात्र एक घण्टे की फेरी नहीं रहती। सुबह-दोपहर, दोनों वक्त अधिक समय देना पड़ता। कभी-कभी तो नवीन पस्त हो जाता, एक रात बोला–'सबसे बड़ी बाधा क्या है, पता है?'

'क्या?'

'दो ही हाथ है।'

'पैर भी दो ही है। वे दोनों भी एक ही दिशा की ओर चलते हैं।'

नवीन को हँसी आ गई। प्रेमलता ने भी साथ दिया। हँसते हुए बोली–'अधिक चाय का मतलब अधिक पानी। वो कहाँ से आए?'

'उधर एन बी रोड के दुकानदार भी माँग रहे थे। उन लोगों को दुकान छोड़कर चाय पीने जाना पड़ता है, जो वे नहीं चाहते हैं।'

'कर सकोगे?'

'वही तो। सीजन दरवाजे पर है। अब तो दिन-प्रतिदिन ग्राहक बढ़ेंगे।'

'आमदनी भी बढ़ेगी?'

'सीजन खतम, आमदनी खतम।'

'धत्! अशुभ क्यों बोलते हो?'

'इसीलिए तो एन बी सिंह रोड घेर लेना चाहता हूँ। टूरिस्ट आयेंगे तो एक ओर तुम तो दूसरी ओर हम। बस दोनों शाम एक-एक घण्टा।'

'मगर अभी?'

'कुछ लोग रख लेंगे छोकरे।'

'और पानी? आज दस दिन हो गए, तुङसुङ के नल में एक बूँद भी पानी नहीं है। शायद हम लोगों का पानी बन्द करके मोनालिसा होटल को दे रहे हैं। हजार रुपये के घूस पर।'

'केवल मोनालिसा?'

'विष्णुमेयर समेत। खाना-पीना। ब्राण्डी की बोतल, रम की बोतल। नकदी की तो बात ही नहीं। इधर आम जन में तबाही मची हुई है पानी के लिए। सब पैसे का खेल है।'

'लड़के लोग स्कूल से आकर पानी भरने के लिए दौड़ पड़ते हैं। पाँच रुपये टिन! वे लोग भी चाहते हैं कि पानी का अभाव घेरे। सब कमाने के पीछे बेहाल।'

'लोगों के पास है, इसीलिए न पाँच रुपये टिन खरीदते हैं।'

'हमारे पास रहेगा भी, तब भी पाँच रुपये देकर पानी नहीं खरीदते।' प्रेमलता ने दृढ़ स्वर में कहा।

नवीन कुछ नहीं बोला। उसने कोई ऐसा सिद्धान्त नहीं बनाया था। उसका

एक ही सिद्धान्त था—अपनी आय का विस्तार। वह जानता था कि सीजन भर उसकी कमाई बढ़ जाएगी। उसके बाद?

इसीलिए वह एन बी सिंह रोड घेरना चाहता था। दुकानों के स्थायी ग्राहक। वे लोग नवम्बर तक दुकान लगाएँगे ही।

नवीन ने जोड़-घटाकर देखा कि दाम देकर पानी लाने से लाभांश ज्यादा नहीं रहेगा। फिर भी, लाभ छोड़कर हानि नहीं थी।

नवीन इन्तजाम करने लगा। तब तक एक काण्ड घट गया। कुछ उग्र लौंडों के दल ने मंगल सिंह को पीटते-पीटते उसकी हड्डी तोड़ दी। सारी पाइपें खोल दी। अब तुङसुङ में रोज पानी आ रहा था।

पुलिस ने घर-घर तलाशी ली। कुछ लोगों को गिरफ्तार किया। तुङसुङ के लोग थाना गए। धरना दिया। सबूतों के अभाव और लोगों के आग्रह पर सबको छोड़ दिया गया।

नवीन उन दो दिनों में फेरी नहीं लगा सका। समाज का साथ देना ही पड़ा, वरना तुङसुङ में कभी भी सुरक्षित नहीं रह सकता था।

तब तक एन बी सिंह रोड दूसरे छोकरे ने घेर लिया। उसके चाचा की नीचे बाजार में सब्जी की दुकान थी। उसने ही दुकानदारों से बातचीत करके बन्दोबस्त कर दिया।

नवीन की इच्छा हुई कि अपने ही हाथों अपना केश नोंच डाले। मगर प्रेमलता को उदास देखकर बोला—'एक तरह से अच्छा ही हुआ। मॉल पर जिस क्रम से टूरिस्ट बढ़ रहे हैं, उसमें पार पाना मुश्किल हो जाता। ग्राहकों की संख्या हर रोज दूनी हो जाती है।'

प्रेमलता हरियाती हुई बोली—'सो तो मैं देख ही रही हूँ। पहले तो दिन में दो बार लोग आते थे। अब तो लगता है कि खाना-पीना साथ लेकर आना पड़ेगा।'

'कल थाने पर से लौटने के बाद जो गया, सो सात बजे रात तक चाय बिकती रही। तुम एकदम परेशान सी लगने लगी थी।'

'परेशान क्यों लगूँगी।'

'बस सीजन भर। उसके बाद तो फिर बँधा-बँधाया समय रहेगा।'

'सो मैं नहीं समझती हूँ क्या?'

'तुम बहुत बुद्धिमती है। मेहनती भी उतनी ही।'

प्रथानुसार सन्देसा लेकर श्रीमान पहुँचा। बोला—'माँ-बाउजी ने बुलाया है। अर्थात्, नवीन-प्रेमलता के विवाह की स्वीकृति मिल गई।'

प्रेमलता को पता था ही। उसे अपने बाप रो जरा सी भी नाराजगी नहीं थी। मगर निमन्त्रण स्वीकार नहीं सकी। बोली—'अभी सीजन है। हम लोगों को साल

भर की कमाई इसी सीजन में करनी होती है। मैं तो कहूँगी कि तू भी यहीं रह जा। हम लोगों को एक अपने आदमी की बड़ी जरूरत है। सावन में एक ही साथ सब कोई चलेंगे।'

'पुछारी में आया हूँ। आदर-सत्कार क्या करोगी, बाउजी की तरह पहले ही काम थाप दो।'

प्रेमलता स्तब्ध रह गई।

नवीन बोला—'साढ़े सोलह आने सही। इतने दिनों पर भाई आया है। आज छोड़ो। काम-वाम मैं सँभाल लूँगा। रसोई में प्रेम से अण्डा करी बनाओ। मैं रसगुल्ले लेता आऊँगा।'

प्रेमलता ने काम नहीं छोड़ा। मगर खाने में अण्डा करी, मसूर दाल की बड़ी, पापड़ जोड़ा।

उस दिन की कमाई से नवीन ने नई रजाई-तकिया आदि भी खरीदे। सिरीमान प्रभावित हुआ।

दूसरे दिन सिरीमान भी नवीन के साथ मॉल पर गया। चाय की बिक्री देखकर आँखें फटी रह गईं। प्रेमलता ने दो किरासिन टिन के भीतर दो स्टोव जलाकर दो बड़ी केतली में चाय बनाई और सारी बिक गई। दोपहर में जब भीड़ चरम सीमा पर आई तब तीन छोकरे खटने के लिए हाजिर। दो घण्टे बाद जब भीड़ पतली हुई तब तीनों छोकरों को पाँच-पाँच रुपये देकर छोड़ दिया गया।

नवीन चाय का दाम वसूलकर एक बैग में रखता था। दूसरे बटुए में रेजगारी रहती। प्रेमलता गिन-गिनकर देती रही।

'कम से कम हजार रुपये की चाय बिकी होगी।' सिरीमान ने घर में पूछा।

'ग्यारह सौ चार रुपये।' नवीन ने रुपये गिनते हुए कहा।

प्रेमलता बोली—'अभी तो सीजन है। पहले तो एक घण्टा सुबह, एक घण्टा शाम बिकती थी।'

'यदि तू बुरा मत मान तो तू भी कुछ कमा ले।'

सिरीमान कुछ नहीं बोला। नवीन धीरे-धीरे बोलने लगा—'बगल में ही भानु में मरम्मत का काम चल रहा है। प्रति तीस मजदूर, तीस ग्लास सुबह और तीस ग्लास शाम। मुझे कई बार चाय भेजने के लिए कह चुका है। मॉल पर की भीड़ तूने देखी ही। तुम दोनों भाई-बहन एक-एक घण्टे के लिए भानु भवन पर बैठ जाओ। तुझे भी नफा होगा।'

'कितना?'

'कितना क्या? बर्तन-बासन हमारे रहेंगे। तेल, चाय, चीनी, दूध का दाम काटकर जो नफा होगा, उसमें से प्रति दस पैसे मेरा बाकी में तुम दोनों आधा-आधा बाँट लो।'

'हैं बर्तन?'

'कुछ हैं, कुछ खरीद लेंगे। तू मेरा पुराना दोस्त है। अब साला भी हो गया। मेरे ख्याल से पन्द्रह-बीस दिन काम चलेंगे। हजार-पन्द्रह सौ हो जाएँगे। बाउजी को भी आपत्ति नहीं होनी चाहिए।'

बाउजी से मैं कहूँगा थोड़े ही। दयाल साहब महीने दिन की छुट्टी पर गए हैं। वरना बाउजी आने देते? इन्द्रमान को भेज रहे थे चार दिन के लिए। माय ने कहा कि कम से कम दस दिन। और यदि रखना चाहे तो और भी ज्यादा। तब तक दयाल साहब छुट्टी पर चले गए। माँ ने कहा—'सिरीमान बड़ा है। उसी का जाना उचित होगा।'

सब एक साथ हँसने लगे।

दूसरे दिन से प्रेमलता और सिरीमान भानु भवन में चाय पिलाने लगे। बीच में नवीन भी चक्कर लगा आता। चौकीदार से दोस्ती करके अपने पानी के लिए बन्दोबस्त करवाना था।

भानु भवन के नल में रोज पानी आता था। प्रेमलता अपना पानी भरकर चौकीदार की कोठरी में रख देती। बदले में चौकीदार को जब इच्छा होती, चाय मिलती—मुफ्त में।

मरम्मत का काम पचीस दिन चला। सिरीमान की जेब गरम हो गई। उसने वीडियो फिल्म का प्रस्ताव रखा।

'तुम दोनों जाओ। मैं सीजन बीतने के बाद ही कुछ करूँगा।'

प्रेमलता और सिरीमान चले गए। वीडियो फिल्म साढ़े बारह बजे से होती थी। उस समय मॉल पर सबसे कम भीड़ होती। फिर भी नवीन को उतना भी छोड़ना मंजूर नहीं था।

नवीन ने एक केतली चाय बेची ही थी कि तड़ातड़ बारिश शुरू हो गई। सारे टूरिस्ट डेरा भागे। कुछ स्थानीय लोग छाते के अभाव में हवाघर में बैठ गए।

नवीन को फिल्म न देखने का पछतावा होने लगा। कुछ लोग हवाघर से उठकर भीगते-भागते चले गए। कुछ बरसात धीमी होने की बाट जोहने लगे। लेकिन बारिश और तेज हो गई। तेज बौछार से बचने के लिए दुकानदारों ने किवाड़ सटा लिए। आगे में 'दोकान खुल्ला छ' (दुकान खुली है) का पट्टा लटका दिया।

बड़े दुकानदारों के पास अपने-अपने वीसीआर थे। ऐसे दिनों में वे सब भीतर सिनेमा देखते। ग्राहक आने पर वीसीआर बन्द कर देते।

मगर नवीन के पास ऐसा कोई उपाय नहीं था। जब आया था, तब हफ्ते में दो दिन वीडियो फिल्म देखी थी। साढ़े पाँच रुपये टिकट का देकर।

जैसे-जैसे ग्राहक बढ़ते गए, सिनेमा देखना कम होता गया। प्रेमलता भी

आग्रह नहीं करती। दोनों जन पैसे कमाने में तल्लीन थे।

कल ही सोचा था कि दिन भर के लिए नौकर रख लेंगे। सो आज एकदम ठप्प! ऐसे यदि बारिश हुई तो सीजन खतम। तब?

यदि एक वीसीआर खरीद ले? यदि किस्त पर मिल जाए? तुङसुङ में किसी के पास वीसीआर नहीं है। मगर सभी बेहाल हैं वीडियो फिल्म देखने के लिए, साढ़े पाँच रुपये का टिकट किसी को अखरता नहीं है।

नवीन का घर छोटा था। कम से कम बीस लोग देख सकें, फिर तो कोई फायदा। गुरुङ का घर बड़ा था। काठ की ओट देकर तीन कोठरी बनाई हुई है। आगे में लम्बी गलियारी, जिसमें तीस लोग आराम से बैठ सकते थे। अथवा दो कमरे के बीच से ओट हटा दी जाए तो और भी आराम से लोग देख सकते हैं।

गुरुङ सौ रुपये की आस में है। अभी तक कोई नहीं मिला है। जिसके पास सौ रुपये हैं, वह तुङसुङ आएगा? ऊपर में ही नहीं मिल जाएँगे? यहाँ तो हर साल धँसना।

यदि अस्सी में मान जाए? और नीचे हो आया करे। रोज उतने नीचे से सारा माल-पानी ढोकर ऊपर ले आए?

यदि भानु भवन का चौकीदार राजी हो जाए तो उसकी एक कोठरी में माल-असबाब रखा जा सकेगा।

प्रेमलता को भी आराम मिलेगा। रोज दोपहर में फिल्म देख सकेगी प्रेमलता। वही बढ़िया सुबह-शाम चाय की बिक्री। दोपहर में वीडियो फिल्म। दस रुपये कैसेट यदि पसांग मान जाए तो बीच-बीच में सिलीगुड़ी से अच्छे कैसेट भी मँगा लेगा। दर्शकों की रुचि के अनुसार। आमदनी के दो रास्ते।

नवीन की इच्छा हुई कि इसी समय भानु भवन जाकर चौकीदार से ठीक-ठाक कर ले। फिर खुद पर ही हँसी आ गई। अभी तो वीसीआर का दाम भी नहीं पूछा था। सब कुछ हिसाब करके देखना होगा।

सीजन समाप्त होने से पहले ही सब कुछ जोड़-घटाकर देखना होगा। सीजन लगभग कगार पर आ पहुँचा था।

बारिश रुकने का नाम ही नहीं ले रही थी। नवीन उकता गया। बेकार में ही केतली से ग्लासों में पानी ढालने गया। हवाघर में बैठा एक आदमी बोला—'ग्लास में खाली पानी क्यों ढार रहा है? आज चाय के बदले पानी देगा?'

बाकी लोग हँसने लगे। एक दूसरा व्यक्ति बोला—'कम चाय बनाएगा। कितनी मुश्किल से पानी लाया होगा। उसे ऐसे ही फेंक देगा?'

'इतनी बारिश और लोगों को पानी नहीं।'

'कहते हैं कि 'सेनचक लेक' सूख गया है। जैसे हम लोग कुछ समझते ही नहीं।'

'मात्र हड्डी क्या, प्राण भी चले जाएँ, तो भी मुझे सहानुभूति नहीं होगी।'

नवीन सारी बातें सुन रहा था। नजर उठाकर देखा—कुछ लोग सर्दिया रहे थे। नवीन ने मुस्कान बिखेरते हुए कहा 'सर्दी से काँप रहे हैं। चाय बनाऊँ?'

'बनाओ।' उस व्यक्ति ने जेब में हाथ डालकर पैसे का अन्दाजा लिया।

'आप?' नवीन ने दूसरे व्यक्ति से पूछा।

'पैसे नहीं हैं साथ में।'

'आप?'

'दे दे।'

जितने लोग राजी थे, उतना ही गिनकर नवीन ने पानी चढ़ाया। मन ही मन बोला—थोड़ी ही सही, हुई तो आमदनी। एकदम खाली तो नहीं गया दिन।

दो घण्टे के बाद वर्षा की गति धीमी हुई। लेखराज ने दुकान का मुख्य द्वार खोलकर आकर्षक ढंग से छाते, बरसाती टाँगे। हबीब मलिक ने भुटनी के जूते बाहर सजाए, 'पैर गरम रखेंगे' का बोर्ड लगाया। शैले होटल की बरसाती में मालिक मेघ की ओर टुकुर-टुकुर ताक रहा था। चार बजे से कॉफी बार चलता था। जो लोग कॉफी पीने आएँगे, वे बैठेंगे कहाँ? सारी बेंचें तो भीगी हुई हैं।

शैले होटल के लोगों ने बेंचों को पोंछ-पाँछकर पॉलिथिन से ढँक दिया। कितनी पॉलिथिन थी? कैसा प्रबन्ध? नवीन बड़ा प्रभावित हुआ। सुना था कि मालिक मुज्जफरपुर में रहते हैं। केवल सीजन में नौकर-चाकरों के साथ आते हैं। नीचे ही होटल के ग्राहक ठीक कर लेते थे। उसके अलावा बरसाती में शाम में 'एस्प्रेसो कॉफी' चलाते थे। इस साल कॉफी के साथ भेलपूरी भी बेच रहे थे, चार रुपये प्लेट।

सिरीमान और प्रेमलता फिल्म देखकर आए तो बारिश थम चुकी थी। पर्यटकगण नए उत्साह से बाहर निकल आए। मॉल का चक्कर लगाते, बेंच पर बैठते थे। कुछ शैले होटल से भेलपूरी खरीदकर खाने लगे। नवीन इसी ताक में था। अपने छोकरों को चारों ओर दौड़ा दिया—'चाय चाहिए चाय?' दो रुपये ग्लास!

शैले होटल की कॉफी पाँच रुपये मग थी। ज्यादातर लोग चाय ही पीते।

पन्द्रह दिनों से नवीन ने पाँच छोकरे रख लिए थे। आज तो प्रेमलता और सिरीमान भी पहले ही पहुँच गए। बिक्री चरम सीमा पर थी।

सोने से पहले नवीन रोज के आमद-खर्च का ब्योरा लिखता। आज अन्य दिनों की अपेक्षा आमदनी ज्यादा हुई थी।

'ऐसे ही कुछ दिन और हो।' प्रेमलता हुसलकर बोली।

'खिड़की खोलकर देखा। मेघ कैसे लदे हुए हैं। अब आमदनी खतम ही समझो।'

'तब?' प्रेमलता घबरा गई।

नवीन चुप ही रहा। वह किसी गहरी चिन्ता में डूबा हुआ था। आज की आमदनी से किसी उत्साह का कोई भी चिह्न उसमें नहीं था।

प्रेमलता उसका हाथ अपने हाथ में लेती बोली—'कुछ कम तो नहीं ही हुई है।'

नवीन चुप ही रहा। प्रेमलता कुछ पल तक नवीन के हाथ पर अपनी उँगलियाँ फिराती रही। फिर बोली—'कम हुई?' ज्यादे का अनुमान था? बोलो न?'

'जो हुआ। अब यही है हमारा बीज। उपजाऊ जमीन खोजकर बोएँगे।'

प्रेमलता को समझ में नहीं आया। बोली—'सीधी-सीधी जबान में कहो न!'

'सब कुछ कहूँगा। पहले खुद तो अच्छे से समझ लेने दो। धीरज धरो।'

रानुदेवी राणा

सर्ज लबोक मर गए।

रानुदेवी राना को लगा, जैसे उसके माथे पर से बड़ा सा बोझ उतर गया। लबोक साहब का अपनी देह पर काबू नहीं था। हजारों बार सब कुछ छोड़-छाड़कर भाग जाने की इच्छा रानु के मन में उगी। कितने ही दिन नहाते-नहाते अपनी पूरी देह सहलाई थी। दोनों हाथ गन्धाते जान पड़े। उन हाथों से मुँह में निवाला देने का साहस नहीं होता। कितने ही दिन उपासी रह जाती रानु। और फिर पेट हौंड़ने लगता। हाथ की गन्ध भूल जाती। घर में जो कुछ भी रहता, ठूँस लेती रानु।

'क्यों नहीं कुछ दिनों के लिए घर से होकर आ जाती हो?' कई लोगों ने पूछा।

रानु कोई भी जवाब नहीं देती। एक पल के लिए उसका मन उड़कर देहरादून के उस सर्वेंट क्वार्टर में चला जाता जो उसका घर था। देहरादून का मकान, जिसमें लबोक साहब रहते थे। भीम बहादुर चौकीदार था। उसकी घरवाली रानुदेवी राना आया का काम करती थी। मेमसाब की मदद से रानु का ऑपरेशन हो गया। हर साल बच्चा पैदा करने से मुक्ति मिली। कितने बच्चे थे? बड़ा बेटा था। उसके बाद तीन बेटियाँ। उसके बाद सफाई कराने लगी कितनी बार? तीन या चार बार? नहीं-नहीं, दो बार। उसी में मरने लगी। मेमसाब ने बड़ी फजीहत की। ऑपरेशन का विचार दिया। करवा भी दिया। रुपये-पैसे से भी मदद की।

और उसी मेमसाब ने निकाल दिया। दोष रानु का था? या फिर दोष लबोक साहब का था? थोड़ा-थोड़ा दोनों का था। मगर सबसे ज्यादा दोष था मेमसाब का।

मेमसाब स्वतन्त्र रहना चाहती थी। देहरादून में बहुत बड़ा मकान था। किराए पर। बहुत बड़ी फुलवारी। कल का बगीचा। फूल जैसे दो बच्चे। सुख छोड़कर दुख का कोई कारण नहीं था।

जब वे लोग यहाँ बसने आए, तब हर तरह से सुखी जान पड़े थे। चौकीदार और माली की पगार बढ़ा दी। रानु आया के रूप में बहाल हो गई। माली की घरवाली रसोईदारिन के रूप में।

'हम लोगों को यह देश अपने देश से ज्यादा पसन्द है।' साहब ने कहा था।

'इसीलिए रिटायर्ड लाइफ यहीं बिताना चाहते हैं।' मेमसाब बोली।

'हुजूर यह मकान खरीदेंगे?' भीम बहादुर ने पूछा।

'नहीं। तुम्हारी सरकार ने हमें यहाँ पर सम्पत्ति खरीदने का अधिकार नहीं दिया है।'

'केवल रहने की अनुमति दी है।'

दोनों व्यक्ति बारी-बारी से बोले थे।

रानु के दिन अच्छे ही कटे। उन लोगों के साथ कई जगह घूमी। शिमला, मनाली, मसूरी। कितने तरह के पहाड़ देखे। समुद्र तट पर बसे कई शहर देखे। साहब की पहली पत्नी को देखा। खूब जैम-जेली बनाना सिखा दिया। तरह-तरह के पारसी व्यंजन। महीना भर रहते हुए भी बीस दिन खुद ही खाना बनाती—रानु और गंगा को सिखाने के लिए। रसोईघर का उन्होंने हुलिया ही बदल दिया। साहब खूब स्वाद ले-लेकर खाते। मगर अपने देश जाने को राजी नहीं हुए।

मेमसाहब तो रसोई में कभी झाँकती तक नहीं।

'साहब जिस नौकरी में थे, वहाँ सब जगह बावर्ची, बेयरे थे। मुझे केवल ऑर्डर देना पड़ता।' मेमसाब शान से बोलती।

यहाँ भी मात्र ऑर्डर देती रही मेमसाब। उसके बाद चली जाती टेनिस खेलने। योग साधना में। पार्टी में। पिकनिक में।

धीरे-धीरे साहब की रुचि इन सबसे हटने लगी। पढ़ने की धुन तेज होती गई। कभी बच्चों से बातें करते, कभी नौकरों से।

पॉल बाबा का दाखिला दार्जिलिंग के एक स्कूल में कराया गया। पाँच महीने सभी माउंट एवरेस्ट होटल में रहे। बल्कि बेबी ने तो वहीं पर नेपाली बोलना सीख भी लिया।

दार्जिलिंग से लौटने पर साहब और मेमसाहब की दूरी और बढ़ गई। कभी-कभी दोनों में बातचीत भी नहीं होती। मेमसाब अपनी सभा-सोसाइटी में मगन। साहब किताब पढ़ते। यदि कभी साथ-साथ बैठते तो झगड़ा ही शुरू हो जाता।

नौकर-चाकर को इन सबसे क्या मतलब? कोई कुछ नहीं बोलता। मेमसाब ने खुद ही रानु से कहा था—'साहब मुझसे पचीस साल बड़े हैं। रिटायर होने में पाँच साल बाकी थे, जब मुझसे शादी की।'

'मगर यहाँ पर जब आप आईं, तब तो पॉल बाबा की उमर पाँच साल से ऊपर थी।'

'हाँ! रिटायरमेंट के समय में पाँच साल की और बढ़ोतरी मिल गई। ब्याह के दस साल बाद रिटायर हुए।'

'ओ! मगर साहब इतने बूढ़े नहीं लगते हैं।'

'नहीं। क्योंकि वे नाटे और दुबले हैं। अब नाक के पास झुर्रियाँ आ गई हैं।'

इसके बाद से ही रानु की नजर पर साहब की झड़ती-ढहती काया चढ़ने लगी। साहब की कान्ति धीरे-धीरे खत्म हो रही थी। वे अधिक देर तक चुपचाप बैठे रहना चाहते। मेमसाब जब टेनिस में जाती थीं, उस समय भी साहब नहीं गए। मेमसाब सह नहीं सकी। दोनों में जमकर लड़ाई हुई।

'अत्यन्त दुर्भाग्य के क्षण में मैंने आपसे शादी करने का निर्णय किया था।'

'मेरे लिए सबसे अभिशप्त दिन वह था, जिस दिन तुमसे भेंट हुई थी।' साहब का जवाब था।

मेमसाब चिल्लाने लगी। साहब धीरे-धीरे खोंचाड़ते रहे। साहब उठकर ऊपर चले गए। मेमसाब नीचे के कमरे में सोई।

उसके बाद यही नियम बन गया। सर्दी हो या गर्मी, साहब ऊपर सोते। अकेले। गर्मी में तीन महीने के लिए सभी दार्जिलिंग जाते। किराए के मकान में रहते। रानु को भी ले जाते। रसोई की जिम्मेदारी उसी की थी। पॉल बाबा स्थानीय छुट्टियों में आते। खूब रमन-चमन रहता। उसी समय अगले साल के लिए भी मकान ठीक कर आते। मलू बेबी भी बड़ी हो गई थी। उसे दार्जिलिंग में पढ़ाने का विचार था।

साहब ने सभी को दार्जिलिंग में ही रहने का विचार दिया। मेमसाब को नहीं रुचा। पूरी छुट्टी झगड़े में बीती। देहरादून में भी लड़ाई ही लड़ाई।

साहब शाम में ही खा-पीकर ऊपर चले जाते। मेमसाब रात में लौटतीं। फ्रिज में खाना रखा रहता। खुद ही गरम करके खाती।

सुबह में दोनों के मुँह बन्द। मुँह खुले तो व्यंग्य बाण। साहब फुलवारी में चले जाते। मेमसाब सब्जियों की क्यारियों की ओर बैठती। अब दोनों जन के लिए दो तरफ कुर्सियाँ लगतीं।

साहब के पैर फूल गए हैं। डॉक्टर से दिखाना बहुत जरूरी है। माली ने कह दिया।

मेमसाब दौड़ी।

साहब अखबार पढ़ रहे थे। नंगे पैर ही थे। मेमसाब ने उँगली से दबाकर आजमाया। गाँठ पड़ गई थी। तुरन्त डॉक्टर को फोन किया। परिचर्या का भार रानु पर पड़ा। मेमसाब की टेनिस चल रही थी। मैच के लिए उनका नाम चला गया था। छोड़ना अनुचित होता। साहब ने जोर देकर समझाया। मेमसाब मान गईं।

दोनों में अब लड़ाई नहीं होती। सब कुछ मिल-जुलकर सोचते-विचारते। साहब ने दार्जिलिंग में रहने का निर्णय किया। जाड़े में बच्चों को लेकर तीन महीने के लिए देहरादून जाएँगे। मेमसाब गर्मी में दो महीने दार्जिलिंग में रहेंगी।

जब तक कोई भरोसेमन्द आदमी नहीं मिलता, तब तक मेमसाब ने रानु को दार्जिलिंग जाकर रहने को कहा। उसकी पगार सौ रुपये बढ़ाकर तीन सौ रुपये महीना कर दी। उसके बाल-बच्चे का ध्यान रखना मेमसाब ने स्वीकार लिया। ऐसा छोटा भी नहीं था कोई। सभी स्कूल जाते थे। जाड़े में तीन महीने रानु की एकदम छुट्टी रहेगी। भीम बहादुर को कोई आपत्ति नहीं थी।

कुछ साल ऐसे ही बीते।

मेमसाब जब दार्जिलिंग आतीं, तब साहब पूरे परिवार के लिए होटल ठीक करते। दिन हँसी-खुशी में बीतते। धीरे-धीरे मेमसाब के दार्जिलिंग प्रवास के दिन घटने लगे। जब बच्चों की मई महीने में छुट्टी होती, साहब तीन महीने के लिए देहरादून जाते रहे। बाद में महीना बीतते न बीतते रानु का मन देहरादून में ऊबने लगता। बड़ी कुशलता से खुद को जब्त किए रहती।

भीम बहादुर अब रानु की बहन के साथ रहता था। रानु यह समझती थी। उसे कोई आपत्ति नहीं थी। रानु के खुद के भी सम्बन्ध साहब से हो गए थे। भीम बहादुर को पूरा सन्देह था। मगर न तो कभी उसने इसे प्रकट किया, न ही कभी कोई आपत्ति जताई।

रानु के सबसे सुखमय दिन वही थे। साहब उदार व्यक्ति थे। नियमित दिनचर्या थी। धूप रहती तो बाहर, वरना भीतर। मुँह में पाइप लगाए किताब पढ़ते रहते। व्यायाम के लिए दिन में ग्यारह बजे दो घण्टे के लिए निकलते। बस! शाम में छह बजे खाते। ऑमलेट व खीर। दिन में नूडल्स अथवा टिनबन्द मांस। रानु को केवल गरम करना पड़ता। कच्ची सब्जी और फल कद्दूकस में कसकर देती।

जोड़-जाड़कर रानु ने एक मशीन खरीद ली। फुर्सत में स्वेटर बुनती। आमदनी बढ़ने लगी। ज्यादा रुपये घर भेजने लगी। रानु की बहन के बच्चे भी अच्छे स्कूल में पढ़ने लगे।

रानु साहब के यहाँ नौकरी करती थी। अच्छे पैसे मिलते थे। वहाँ के नेपाली उसी से उधार माँगते। शुरू में रानु दे देती। बाद में अखरने लगा। कोई सूद देता, कोई भाग जाता। पैसे डूब जाते।

दार्जिलिंग में बहुत सारे भुटिया, मारवाड़ी और बिहारी भी कर्जा उधार देते थे। केवल सूद पर नहीं, बन्धकी रखकर। उसी धन्धे से वे धनी हो गए थे। रानु का मन भी दौड़ने लगा। मगर बन्धकी में रखी चीजें रखेगी कहाँ? साहब का एक ड्राइंगरूम था, उसी में खाते थे। छोटा सा रसोईघर, जिसमें रानु की बुनाई मशीन थी।

अन्य बाधाएँ भी थीं।

साहब रानु को बन्धकी व्यापार के लिए कभी भी अनुमति नहीं देंगे, यह पक्की बात है। वे किसी भी तरह के कानूनी दाँव-पेंच से खुद को अलग रखते थे।

भारत में रहने के लिए हर पाँच साल पर उन्हें भारत सरकार से रहने की अनुमति का नवीनीकरण कराना होता। रानु को यह पता था। साहब रात में आठ बूँद अफीम लेते हैं, उसके लिए भी अनुमति-पत्र नवीनीकृत कराते थे। रानु साहब को किसी तरह की असुविधाजनक स्थिति में नहीं डालना चाहती थी।

वह किसी ऐसे व्यक्ति की तलाश में थी, जो बन्धकी रखे और लाभ में से आधा देवे। कोई नहीं समझेगा।

इसी चक्कर में उसकी भेंट अरुण कुमार से हुई। वह नौकरी की तलाश में दार्जिलिंग पहुँचा था। मगर कुलीगिरी छोड़कर और कुछ नहीं मिला। रानु की खरीदारी वही लादकर आया। सामान रखकर दीवाल से टिक गया। साहब धूप में किताब पढ़ रहे थे। उनकी नजर उस लड़के पर पड़ी। उन्होंने रानु से कहा–'एक आदमी पर इतना बोझ लादना अन्याय है। दो कुली कर लेती। या फिर दो दिन में बाजार करती।'

अरुण कुमार फटी आँखों से साहब की ओर देखने लगा। दार्जिलिंग में पहली बार ऐसी बात सुनी थी। सभी कम से कम पैसे में ज्यादा से ज्यादा बोझा लादना चाहते थे।

'एक प्याली चाय पिला दो। बहुत थक गया है। इसे शायद पहाड़ पर चढ़ने का अभ्यास नहीं है।' साहब फिर बोले और उसके बाद अपनी किताब में डूब गए।

अरुण कुमार जब आता, रानु उसे चाय पिलाती। दो बातें करती, अरुण को विश्वास नहीं हो रहा था कि रानु साहब की नौकरानी है।

'कह रही हूँ न।' रानु हँसते हुए बोलती।

'ये क्या विधुर हैं?'

'नः! मेमसाब देहरादून में रहती हैं। गर्मी में आती हैं। हम सब जाड़े में वहाँ जाते हैं। इतवार को बच्चे आते हैं।'

'कितने बच्चे हैं?'

'दो। मैंने ही पाला-पोसा है। बेटा सेंट पॉल में पढ़ता है और बेटी लॉरिटो में।'

'तीन बत्ती, चार रास्ते।'

'वही समझो।'

'ऐसे क्यों?'

'साहेब-मेमसाहब के अपने तौर-तरीके।'

'तुम तो एकदम मोम जैसी लगती हो।'

रानु हँसने लगी।

'सचमुच! पहले दिन तो मैंने तुम्हें मेमसाब ही समझा था। साहब के साथ फटाफट अंग्रेजी बोल लेती हो तुम तो।'

'इसीलिए तो नौकरी मिली। ग्यारह साल की थी, जब अंग्रेज मेमसाब के यहाँ नौकरी पकड़ी। पूरे पाँच साल काम किया। मेमसाब ने जब मकान बेचा तो मेरे घरवाले को सर्टीफिकेट दिया। नए मालिक ने उसे चौकीदार के रूप में बहाल कर लिया।'

'इसके पहले तुम्हारा घरवाला क्या करता था?'

'बावर्ची था। मेरी माँ आया थी। उसी के कारण मैं भी छोटे-मोटे काम के लिए रख ली गई।'

अरुण अवाक् सुनता रहा।

रानु को अच्छा लगा।

'तुम एक दुकान क्यों नहीं खोल लेते हो?' एक दिन रानु ने पूछा।

'दुकान के लिए पूँजी चाहिए। जगह चाहिए। यहाँ तो सोने के लिए भी जगह नहीं है।'

'मैं जो स्वेटर बुनती हूँ, सो तुम्हें ही दे दूँगी। दुकान में नहीं दूँगी। तू फेरी लगाना। सैकड़ा में दस तुम्हारी मजूरी।'

अरुण राजी हो गया।

'सब खा मत जाना, कुछ लगानी-भिड़ानी (उधार-पैंचा) में लगा।' रानु ने विचार दिया।

अरुण को समझ में बात नहीं आई।

नेपाली जरूरतमन्द जाति है। सभी को कर्जा चाहिए।

'ऐसा नहीं कि कर्जा लेकर पार।'

'ऐसे में कुछ बन्धकी रखवा लो। उन लोगों को हल्की, नई चीज खरीदने में भारी, पुरानी चीजें फेंकने में मोह नहीं लगता है। सबसे जरूरी है 'रकसी'।'

अरुण कुछ नहीं बोला।

'यदि राजी है तो कर्जे में से आधा-आधा कर ले। तेरे पास अभी इतने रुपये नहीं होंगे। मेरी भी आमदनी बढ़ जाएगी।'

'तुम कहती हो तो करूँगा, लेकिन मुझे इसके बाबत कुछ भी नहीं मालूम।'

'उसके लिए तो मैं हूँ ही न।'

रानु के दिन लहलहाने लगे।

बड़ी शुभ घड़ी में अरुण से भेंट हुई थी। अरुण हर तरफ से काबिल था। अरुण को काबिल बनाने का श्रेय रानु खुद को देती। कैसा बोका (बुद्धू) जैसा लगता था अरुण? अब कौन कहेगा कि यह वही अरुण है? रानु से कम से कम पाँच साल छोटा होगा, फिर भी रानु पर मरता है।

'सुन मेरी बात। दार्जिलिंग में यह धन्धा चलने वाला नहीं है। आधा दाम भी नहीं देते यहाँ के महाजन। कलकत्ता में मेरा एक रिश्तेदार सोना-चाँदी की दुकान

में काम करता है। उसका परिचय बहुत लोगों से है। वे ही सम्पर्क बनाएँगे मुझे विश्वास है कि यहाँ से ज्यादा दाम मिलेगा।'

'फिर?'

'फिर? फिर दार्जिलिंग। फिर लगानी-भिड़ानी। फिर कलकत्ता। खूब पैसे बनाएँगे।'

'फिर?'

'फिर एक घर। आगे में दुकान, पीछे में रहेंगे।'

'मुझे साहब नहीं छोड़ेंगे, मेमसाब भी नहीं।'

'मैं तुम्हें उठाकर ले जाऊँगा।'

रानु हँस पड़ती।

अरुण अपने होठों से उसके होठ बन्द कर देता, रानु गम्भीर हो जाती। बोलती—'कुछ दिन और सब्र कर। बच्चे पढ़ रहे हैं। उन लोगों के खर्चे में कटौती नहीं करूँगी।'

अभी तुम्हें जो मिल रहा है, उससे ज्यादा ही पाओगी। कम नहीं।'

'पहले कुछ और जमा कर लें। साहब से कह-सुनकर कोई ऐसा उपाय करा लूँ कि बच्चों की पढ़ाई चलती रहे। इसके बाद कोई नया रास्ता सोचेंगे। फल लगे पेड़ को काटकर नया पौधा नहीं लगाऊँगी मैं।'

अरुण उदास हो जाता।

रानु अपनी हथेलियों में उसका चेहरा भरकर, उसकी आँखों में ताकती। पूछती—'क्या हुआ?'

'कुछ नहीं।'

'कौन सा गुण देखते हो इस दुनिया में जो निहाल हो?'

सारा गुण। मेरी जान से बढ़कर तुम हो।

और रानु भी निहाल हो जाती।

एकदिन अचानक मेमसाब पहुँच गई। बिना कोई खबर दिए। इसीलिए साहब ने कोई इन्तजाम नहीं किया था। मेमसाब साहब के कमरे में सोई। रानु रसोईघर के कोने में अपने पुराने बिस्तर में दुबक गई। अज्ञात आशंका से रह-रहकर नींद टूट जाती।

मेमसाब देहरादून का सारा सामान बेच-बाचकर दार्जिलिंग में रहने आ गई थीं। क्लब में काफी लोगों से वैमनस्यता थी। उन्हीं में से किसी ने फँसा दिया। बुर्का पहनकर अफीम खरीदने जा रही थीं। पकड़ ली गईं। गनीमत इतनी ही रही कि खरीदा नहीं था। भीम बहादुर माली, माली की घरवाली सभी ने मेमसाब के पक्ष में गवाही दी। देहरादून सुरक्षित नहीं जान पड़ा। इसलिए दार्जिलिंग में रहने का

तय किया।

जिस घर में साहब रहते थे, वह बड़ा ही छोटा था। मेमसाब बड़ा घर तलाशने लगीं। मेमसाब के जाने के बाद रानु साहब की परिचर्या शुरू करती। मालिश करके नहला-धुला देती, तब साहब निकलते। जिस दिन मेमसाब को कहीं और खाना रहता, उस दिन रानु बाजार नहीं जाती। दोपहर साहब के साथ बिताती, अरुण को घर पर आने से मना कर दिया।

'तुम बहुत अच्छी हो। वेरी स्वीट।' साहब ने कहा।

'आप भी तो। आप जैसा दयालु व्यक्ति इस दुनिया में दूसरा कोई नहीं है।'

तुम्हें सोने में बहुत तकलीफ होती होगी। एक डनलप का गद्दा खरीद लो। मैं पैसे दे दूँगा।'

'नहीं सर, नहीं, मेमसाब को सन्देह हो जाएगा। कैसी भी हूँ मैं, हूँ तो नौकरानी ही न।'

'तुम अपना पारिश्रमिक लेकर ईमानदारी से गुजारा करनेवाली व्यक्ति हो।'

'फिर भी।'

'बौद्ध धर्म के अनुसार सभी मनुष्य एक हैं। ईसाई धर्म में भी यही है। एरिका के पिता एक नाच पार्टी में बेहद सामान्य काम करते थे। एरिका का भाई एक क्लब में कराटे सिखाता था।'

'मैडम आप के देश की नहीं हैं?'

'नहीं?'

'किस देश की हैं?'

'उसके पिता जर्मन थे। जब भेंट हुई तब वह अमेरिकन थी। कोरिया के माकिन दूतावास में क्लर्क का काम करती थी।'

'आप?'

'मैं राजदूत था। फ्रांस का राजदूत।'

'कितनी पगार मिलती थी?'

'बहुत मिलती थी?'

'अभी कितनी मिलती है?'

'मिल जाती है पर्याप्त। राजा-महाराजा की तरह तो नहीं रह सकते हैं। मगर इतना है कि यदि अचानक मर गया तो बच्चों और एरिका का गुजारा चल जाएगा।'

'मैं भगवान से मनाती हूँ कि आप बहुत दिनों तक जिएँ।'

'धन्यवाद। तुम बहुत दयालु हो। राजकीय शालीनता है तुममें। आखिरकार राणा वंश की हो न।'

एक क्षण के लिए रानु को अपने ऊपर ग्लानि हो आई। रोब जमाने के लिए

अपने नाम में राणा लगाकर कहा था। ये लोग सचमुच में रानु को राणा का वंशज समझते हैं।

मेमसाब शाम में छह बजे खाने के लिए राजी नहीं थीं। उन्हें सिनेमा, क्लब आदि का शौक था। आठ-नौ से पहले नहीं लौटतीं। यदि खाकर आतीं तो गरम कॉफी या कुछ और पीतीं, अफीम के साथ।

छोटी सी कोठरी और उसमें मेमसाब के चार सूटकेस कपड़े के लिए सिर्फ एक अलमारी थी, जिसमें साहब के कपड़े थे।

रानु का काम बढ़ गया। बातचीत से ऐसा भी लगा कि बड़ा मकान मिल जाने पर मेमसाब नौकर की संख्या नहीं बढ़ाएँगी। रानु की पगार में ही सौ-पचास की बढ़ोतरी कर देंगी। इससे रानु को क्या लाभ? अभी तो वह साहब से पगार के अलावा बहुत कुछ पा जाती है। स्वेटर बुनाई की आमदनी अलग से थी। लगानी-भिड़ानी भी थी।

मेमसाब के आने के बाद रानु का समय स्वेटर बुनने के बजाय कपड़े इस्तरी करने में बीतने लगा। दोपहर के बदले सुबह बाजार करना पड़ता। वह भी जल्दी-जल्दी। अरुण से ठीक से बात भी नहीं हो पाती।

'अब वह नौकरी करना बेकार है। केवल पगार में से क्या तो तुम घर भेजोगी और क्या व्यापार में लगाओगी। महीना भर तो हो गया। कितने स्वेटर बुन सकी हो?'

रानु को बात जँचती। मगर उपाय नहीं सूझता। उस दिन तेज बरसात हुई। रानु का बिस्तर रखने का तख्ता भी सील गया। रानु को पहले ही हटा देना चाहिए था। ख्याल ही नहीं रहा। रानु ड्राइंगरूम के सोफे पर सो गई। मेमसाब बाथरूम जाने के लिए उठी तो नजर पड़ी। सुबह में मना कर दिया। साहब ने रानु को गद्दा खरीदने के लिए पैसे दिए। मेमसाब ने कोई आपत्ति नहीं जताई।

मेमसाब सोफा, कुर्सी को बार-बार निहारने लगीं। रानु जब गद्दा लेकर आई तो मेमसाब भी उठकर भीतर आई। बोली—'सोफा देखकर तो नहीं लगता है कि कोई बैठा होगा। और तुम रोज इसी पर सोती रही?'

रानु ने जैसे सुना ही नहीं।

'तुम्हारे सर में तेल लगा है।' मेमसाब फिर से बोली।

'मैडम, गद्दा किधर रखूँ?'

'इसका मतलब?'

'रसोईघर में तो जगह नहीं है।'

मेमसाब भेदिया नजर से ताकने लगी। रानु घबरा गई। हाँफते हुए बोली—'जी, सभी दिन सोफे पर नहीं सोती थी। कभी-कभी। बिस्तर भीग गया है। जिसदिन बहुत ठण्ड होती है, केवल उसी दिन।'

मेमसाब की हँसी छूट गई। रानु और भी घबरा गई, लेकिन बुद्धि नहीं बिसरी। बोली- 'रसोईघर में सोती हूँ। सुबह में बिस्तर मोड़कर रख देती हूँ। कल खिड़की बन्द करना भूल गई।'

'इतने दिनों से साहब को गद्दा देना नहीं सूझा?'

'नहीं मैडम। मैं उनसे पहले ही उठ जाती हूँ। वे कैसे समझते?'

मेमसाब को यकीन हो गया।

रानु का डर नहीं गया। वह और भी सावधान हो गई। दोपहर में दरवाजे, खिड़की सब अच्छी तरह से बन्द कर लेती, तब भी मन धकधकाता रहता।

उस दिन साहब सोए हुए थे। रानु कपड़े इस्तरी कर रही थी। लगा जैसे खिड़की के पर्दे के उस पार कोई खड़ा है। रानु ने उधर देखा भी नहीं। चुपचाप इस्तरी करती रही। मेमसाब भीतर आईं। चेहरे पर कुछ निराशा और कुछ अस्वाभाविक से भाव लग रहे थे। रानु खुद को स्वाभाविक बनाए हुई थी।

बहुत बार रानु ने मेमसाब को भेदिया नजर से ताकते हुए पाया। एक दिन मौका पाकर साहब से कहा—'सर, एक ना एक दिन मेमसाब छुड़वा ही देंगी।'

'क्यों?'

'उन्हें सन्देह है।'

साहब चुप हो गए। शायद वे भी समझ गए थे।

'सर! मेरे ऊपर एक उपकार कर दीजिए। मैं जिन्दगी भर आपकी किरपा याद रखूँगी।'

'क्या?'

'ऐसा कुछ उपाय कर दीजिए कि यदि मेरी नौकरी नहीं भी रहे तो भी मेरे बच्चों की पढ़ाई बन्द न हो।'

साहब चुप ही रहे।

'मेरे पास तीन हजार रुपये हैं सर। आप ही का दिया हुआ है। मैंने खर्च नहीं किया है सर। सब कुछ जमा करके रखा हुआ है। मैं तो पढ़ी-लिखी नहीं हूँ सर। आप मेरी सहायता कीजिए सर।'

'तुम्हें पैसे नहीं देने होंगे। इन्तजाम हो जाएगा।'

'मैं जिन्दगी भर आपका उपकार नहीं भूलूँगी सर।'

'और मुझे छोड़कर चली जाओगी।' साहब सूखी हँसी हँसे।

रानु ने साहब का हाथ पकड़कर अपने मुँह से सटाया। चूमते हुए बोलती—'जब तक आप नहीं हटाएँगे, इस दुनिया में किसी की ताकत नहीं है रानुदेवी राना को हटाने की। सर, मेरे डार्लिंग सर! मेरे देवता। मेरे मालिक।'

'इतना नहीं चाहिए मुझे। केवल पहलेवाला कहो।'

'मेरे डार्लिंग सर!' रानु ने साहब की गोद में सर घुसा लिया।

साहब ने रानु के बच्चों की पढ़ाई के लिए पाँच साल का खर्च बैंक में जमा करवा दिया। मेमसाब को जब पता चला, वे बमक पड़ीं—'वे सब क्या तुम्हारे बच्चे हैं?'

'यह क्या अंट-शंट बक रही हो?'

'मैं अंट-शंट बक रही हूँ? तुम पानी की तरह पैसे बहाओ और मैं मुँह बन्द किए रहूँ?'

'पैसे तुम बहा रही हो, मैं नहीं। रेस, दारू, सिनेमा, सैर-सपाटा। कुछ भी छोड़ा है तुमने?'

'क्यों छोड़ूँ? कृपया कारण समझाइए मुझे।'

'कुछ ज्यादा जमा रहेगा तो मेरे मरने के बाद तुम्हारे ही काम आएगा।'

'जमा रहेगा। उसके पहले ही तुम सब कुछ फूँक कर स्वाहा कर दोगे। छोकरीबाजी पर।'

'जो मिलता है, उसका सिर्फ एक-तिहाई मैं अपने लिए रखता हूँ। वह खर्च मैं तुमसे पूछकर नहीं कर सकता।'

'नहीं, रानुदेवी राणा से पूछकर करो।'

'तुम जो दो-तिहाई लेती हो, वह क्या मुझसे पूछकर खर्च करती हो?'

'मैं अपने ऊपर खर्च करती हूँ?'

'एक-तिहाई बच्चों पर बाकी एक-तिहाई तो तुम्हें ही मिलता है।'

'बहुत मिलता है।'

'भारतीय हिसाब से तो बहुत मिलता है। फ्रांस के हिसाब से भी बहुत कम नहीं मिलता है। भाग्य मनाओ कि मुझे इतना पेंशन मिलता है, वरना जमा-पूँजी से खर्च करना पड़ता।'

'यह तो तुम्हें पहले सोचना था।'

'यही सोचकर सारी पूँजी निवेश की है। उसका ब्याज भी निवेश में लग जाता है, ताकि मेरे बाद तुम लोगों को कोई कमी न हो।'

'मैं भी तो इसीलिए दार्जिलिंग आ गई हूँ। एक जगह रहेंगे तो कम खर्च होगा।'

'मेरे एक-तिहाई से खर्चा चलेगा। तुम्हारा सब कुछ गुलछर्रे में उड़ेगा। यही रहता तो देहरादून में जो सब बेचा, उसका कुछ अंश भी तो मुझे देती।'

मेमसाब घर से निकल गई।

इसके बाद मेमसाब रानु के पीछे पड़ गई। जब-तब रसोईघर में कैफियत लेने लगीं। और एक दिन भोर में जब रानु ने कॉफी के लिए पैसे माँगे तो मेमसाब जैसे पागल हो गईं।

'उसी दिन आया था। खतम हो ही नहीं सकता।'

'आज भर चलेगा।'

'जिस चीज पर हाथ डालती हो, वही खतम। एक दिन मेरे घर को खोखला बनाकर छोड़ दोगी।'

रानु रोने लगी।

लबोक साहब नहीं सह सके। बोले—'बहुत अमानुषिक व्यवहार कर रही हो तुम। सन्देह है तो खुद ही करो।'

'यही तो अब बचा रह गया है। मैं आया का काम करूँगी और वह मेमसाब बनकर रहेगी।'

'मेरे कहने का यह मतलब नहीं था।'

'नहीं था तो उसे जाने को क्यों नहीं कहते?'

'काम कौन करेगा?'

'लोगों की कमी नहीं है। सैकड़ों मिलेंगे।'

साहब चुप लगा गए।

'तुम्हें तो चोर ही पसन्द है।'

'वह चोर नहीं है।'

'चोर और छिनाल दोनों है।'

'कम से कम भाषा तो सभ्य बोलो।'

'पहले तुम भी सभ्य बनो। अपने देश के राजदूत थे तुम। अभी भी उसी का पेंशन मिलता है। लोग क्या कहेंगे?'

'यदि मेरे व्यवहार में खोट रहता तो भारत सरकार मुझे इस देश में रहने की अनुमति ही नहीं देती। न हमारी अपनी सरकार देती। अच्छी-भली देहरादून में थी। यहाँ शान्ति बनी रहती थी।'

'तुम तो चाहोगे ही ऐसा।'

मेमसाब प्याली पटककर घर से निकल गई। रानु काँच के टुकड़े बुहारती बोली—'सर, मेरे कारण आपको इतना अपमान सहना पड़ा। आप पैसे मत दीजिए। मैंने जो जमा किया हुआ है, वही जमा कर दीजिए।'

'तुम्हें पैसे नहीं देने पड़ेंगे।'

'मैडम बहुत नाराज हो जाएँगी। आपकी शान्ति भंग कर देंगी।'

साहब थोड़ी देर मौन रहे। फिर बोले—'तुम्हारे यहाँ पर रहने से वह तुम्हारे ऊपर मुसीबत ढा सकती है।'

'तो क्या मैं चली जाऊँ सर?'

साहब थोड़ी देर चुप रहकर बोले—'तुम्हारा यहाँ रहने की कोई जगह है?'

'मेरे बहुत सारे सम्बन्धी हैं दार्जिलिंग में। सभी पहचानते हैं। जिसे कहूँगी वही रख लेगा।'

'वहीं अपना सामान रख आओ। हो सकता है कि वह तुम्हारा सामान जब्त कर ले। इंसान क्रोध में कुछ भी कर सकता है।'

'जैसा कहें सर।'

'मैं एक चिट्ठी दे दूँगा। कल बैंक जाकर ट्रैवलर्स चेक बनवा लेना। इतना नकद लेकर सफर करना मुसीबत बन सकता है।'

'वही करूँगी सर।'

'पहले अपना सामान रख आओ। मैं चिट्ठी लिखकर रखूँगा। कल सुबह ब्रेकफास्ट के बाद तुम मेमसाब से विदा ले लेना।'

'ठीक है सर।'

रानु अपना सामान वगैरह लेकर अरुण के यहाँ चली गई।

'अब यह नौकरी टिकनेवाली नहीं है। जितनी जल्दी हो सके, खिसक लो।' अरुण ने सलाह दी।

'गुजारा कैसे होगा?'

'पहले चलो कलकत्ता। बन्धकी वाले गहने-बर्तन बेच-बाचकर देहरादून जाएँगे। यदि अच्छे पैसे मिले तो एक और मशीन खरीद लेना। दोनों बहन मिलकर स्वेटर बुनना। मैं फेरी लगाऊँगा। यहाँ से तो अच्छा ही बिकेगा।'

'गर्मी में मसूरी में भी फेरी लगा सकते हो। मेरा देखा हुआ है।'

'अरे, दुनिया बहुत बड़ी है। कलकत्ता, दिल्ली इन सभी जगह मैं फेरी लगाऊँगा। तुम माल जुटा देना। खटने से बाज नहीं आऊँगा मैं।'

रानु आश्वस्त होकर लौटी।

साहब चिट्ठी लिख चुके थे। साथ में हजार रुपये का चेक भी दिया।

'आपने मेरे लिए बहुत किया सर।'

'तुमने मुझे बहुत सुख दिया।'

'आप जिस दिन बुलाएँगे, मैं चली आऊँगी सर।'

'मैं जानता हूँ। आज तुम कहाँ सो रही हो?'

'जहाँ कहें सर। मैंने गद्दा यहीं छोड़ दिया है।'

'क्यों?'

'लोग समझ जाते। सभी से कहा है कि मैं छुट्टी पर जा रही हूँ।'

'ड्राइंगरूम में गद्दा लगा लो।'

'मैडम अगर बिगड़ गईं?'

'तुम काफी दिनों तक उस काल कोठरी में सोई हो। कम से कम अन्तिम रात तो आराम से, फैलकर सोओ।'

'जैसा कहें।'

मेमसाब जब लौटीं, तब तक रानु एक नींद पूरी कर चुकी थी। पीकर धुत्त थीं

मेमसाब। धड़ाम से सोफे पर निढाल होकर गिर पड़ीं।

सुबह में उनके उठने से पहले ही रानु उठ गई। गद्दे पर बढ़िया चादर बिछा दी, जिससे वह उस घर का ही फर्नीचर जान पड़े। नाश्ते के समय सभी एकदम मौन थे। रानु पूर्ववत सारे काम करती रही। साहब ने अपनी पाइप सुलगाई। मेमसाहब ने सिगरेट जलाई। साहब ने मौन तोड़ा।

'रानु जा रही है।'

'कब?' मेमसाब के होठों पर मुस्कान थिरक गई।

'आज़। नाश्ते के बाद।'

मेमसाब कुछ बोली नहीं। रानु की ओर देखकर स्वीकृति में सिर डुलाया। रानु की इच्छा हुई कि मेमसाब का सिर खूब जोर से नीचे गोंत दे। मगर नहीं कर सकी। इसके बदले उसका अपना कलेजा फटने लगा। रानु ने सर घुमा लिया।

जब तक रानु घर से निकल नहीं गई, मेमसाब वहीं बैठी रही। अपना बैग लेकर रानु विदा लेने आई। मेमसाब ने उसे सिर से पाँव तक देखा। उनकी नजरें रानु के बैग पर टिक गईं। शायद तलाशी लेना चाह रही थीं। लेकिन ली नहीं। बोली—'ठीक है। मैं साहब को कह दूँगी।'

साहब दूसरे कमरे में थे। रानु वहाँ जाने का साहस नहीं जुटा सकी। वह निकल गई। साहब की खिड़की ठकठकाई। साहब आए। आँखों से आँसू बह रहे थे। इतने ही में मेमसाब दरवाजे के पास आ गईं। रानु मात्र 'गुडबाइ सर! गॉड ब्लेस यू' कहकर निकल गई।

इसके बाद बहुत भटकी रानु। कलकत्ता में व्यापार नहीं चला। देहरादून में भी नहीं जमा। अरुण कुमार भाग गया। रुपये-पैसे भी हड़प लिए। भीम बहादुर उसे खोजने दिल्ली तक गया। नहीं मिला। हारकर लौट आया।

इतने दिनों की नौकरी में रानु का खान-पान, रहन-सहन सब बदल गया था। परिवार ने कुछ दिनों तक ध्यान रखा। बाद में टाल जाते। अरुण कुमार के भागने के बाद तो पूँजी भी खतम हो गई। आमदनी घटकर शून्य पर आ गई। रानु ने फिर नौकरी पकड़ी। मगर कर नहीं पाई। छोड़ दी। कुछ दिनों बाद दूसरी नौकरी पकड़ी। थोड़े ही दिन बाद साहब का तबादला हो गया। रानु उन लोगों के साथ गई, मगर पार नहीं पा सकी। उन लोगों को आया द्वारा अपने बाथरूम का इस्तेमाल मंजूर नहीं था। नौकरों के लिए दूर सहरगंजा पाखाना था, जहाँ हरदम कतार लगी रहती। रानु ने तीसरी नौकरी पकड़ी।

बहुत भटकी रानु।

तीन साल पर घर लौटी तो भीम बहादुर से पता चला कि मेमसाब साहब को छोड़कर फ्रांस चली गई। बच्चों की यहाँ की पढ़ाई भी समाप्त हो गई। इसलिए वे लोग भी अब फ्रांस में पढ़ते हैं। आठ-नौ महीने पहले साहब ने एक चिट्ठी रानु की

खोज में लिखा था। पता के अभाव में रानु को भीम बहादुर खबर नहीं दे सका था।

'मैं तो कहूँगा कि एक बार दार्जिलिंग हो आ।' रानु की बहन ने कहा।

'यदि वे भी अपने देश चले गए हों तो?'

'और यदि नहीं गए हों तब?' भीम बहादुर बोला।

'पहले मैं अपने बच्चों को ठीक से देखूँगी। कुछ दिन तुम लोगों के साथ रहूँगी।'

रानु के बच्चे बड़े हो गए थे। बेटा एनसीसी में था। बड़ी बेटी नर्सिंग का कोर्स कर रही थी। मँझली और छोटकी अभी स्कूल में ही थी। साहब पैसे देना भूले नहीं थे। साहब कहाँ थे, यह स्कूल को पता नहीं था। बैंक के मार्फत रुपये आ जाते। बीच-बीच में कोई न कोई खोजबीन कर जाता। शायद मैनेजर होगा।

रानु दार्जिलिंग पहुँची।

पता लगाया। साहब सेंट्रल होटल में रह रहे थे। रानु हाजिर हुई।

'गुड मॉर्निंग सर। मैं रानु हूँ।'

साहब अपनी पाइप खोद रहे थे। सर उठाकर देखा।

'ओ माई डियर! कहाँ छुपी हुई थी?'

'बहुत जगह नौकरी करनी पड़ी। बहुत कष्ट भोगे सर।'

रानु आगे नहीं बोल सकी। उसका गला रुँध गया।

'तुम्हारी नौकरी रखी हुई है माई डियर। मैं दार्जिलिंग छोड़ना चाहता हूँ।'

'कहाँ जाएँगे सर?'

'राँची। न बहुत ठण्डा, न बहुत गरम। हरियाली भी है। एक मकान किराए पर मिल रहा है। मगर जिस दिन उसे खरीददार मिल जाएगा, वह बेच देगा। और मुझे हट जाना पड़ेगा।'

'उसके बाद?'

'दूसरा मकान खोजूँगा।'

'मैं जाऊँगी सर। मैं खोजूँगी मकान। आपको विदेशी समझकर लोग किराया बढ़ा देते हैं।'

'ठीक है। मैं तो खरीदना चाहता हूँ मकान, मगर भारत सरकार से अनुमति नहीं मिली।'

'ढेरों किराए के मकान मिलेंगे सर। कब तक जाएँगे?'

'अगले हफ्ते।'

साहब ने किराए पर मकान नहीं लिया। रानु के नाम से वही मकान खरीद लिया। साहब ने तिब्बती ग्रन्थों का गहन अध्ययन किया हुआ था। अब उनके अनुवाद फ्रेंच में करना चाहते थे। रानु का दायित्व था शान्ति कायम रखना। टाइपिस्ट जुटाना। कॉफी की फरमाइश पूरी करना। और एकदम बढ़िया फ्रेंच खाना

बनाना, जैसा उनकी पहली पत्नी बनाती थी। ऑमलेट और खीर से अरुचि हो गई थी।

साहब के अनूदित ग्रन्थ फ्रांस में खूब बिके। सम्बन्धियों की जरूरत पत्रों की संख्या भी बढ़ गई। पहली पत्नी का पत्र आया। अब वह बहुत बूढी हो गई थी। यदि कुछ और पैसे मिल जाते तो अधिक आरामदेह घर में रह सकती थी। मेमसाब ने भी पैसे माँगे। वह मिलना चाहती थी, मगर पता नहीं मिला। बैंक और दूतावास के माध्यम से साहब पत्राचार करते। बच्चों तक को अपने पिता का पता नहीं मालूम था। साहब किसी भी कीमत पर अपना एकान्त भंग नहीं करना चाहते थे।

सब जोड़-जाड़कर साहब पाँच साल कुछ महीने राँची में जिए। उसी पाँच साल में कम से कम पाँच सौ बार भाग जाना चाहा रानु ने। अन्तिम वर्ष में तो मुँह की लगाम भी तोड़ डाली।

साहब के पैर बेकार हो गए थे। व्हीलचेयर पर चलते। किताबें लिख चुकने के बाद पढ़ने से भी अरुचि हो गई। केवल घूमना और खाना बढ़िया लगता, खुराक भी बढ़ गई। रोज चॉकलेट चाहिए ही। चाय के साथ केक। खाने में पुष्टई से क्रीम दिया हुआ फ्रेंच व्यंजन। पेट सह नहीं पाता। रानु कुर्सी जोर से गुड़काती। फिर भी देर हो ही जाती।

'पहले ही कहती थी कि अब लौट चलिए।'

'उस समय लगा था कि ठीक हूँ।'

'ठीक हूँ। खाने के समय कुछ ठिकाना रहता ही नहीं है।'

'मैंने ज्यादा खाया नहीं था। तुम्हीं ने पकाने में कोई गड़बड़ी कर दी होगी।'

'सारा दोष तो मेरा ही है।'

'नहीं, दोष मेरी बीमारी का है। डॉक्टर को फोन करो।'

डॉक्टर को कोई खास गड़बड़ी नहीं मिलती। थोड़ा डर भी लगता। साहब धनाढ्य थे। अपनी गुप्त वसीयत में जरूर कुछ लिखकर जाएँगे। डॉक्टर को यह विश्वास था।

रानु को भी इसी आशा ने पकड़कर रखा था कि मकान उसके नाम से है। मगर उसे बदलते देर ही कितनी लगेगी? मूर्ख अरुण कुमार सारी पूँजी लेकर भाग गया। रानु कुछ नहीं कर सकी। साहब तो विद्वान थे। ऊँचे ओहदेवाले। भूतपूर्व राजदूत।

अब हर तीन महीने पर फ्रेंच काउंसलेट या उनकी पत्नी साहब को देखने कलकत्ता से आते। डॉक्टर से हाल-समाचार पूछते। बैंक का हिसाब-किताब देखते। रानु की रसोई पर टिप्पणी करते।

वे तीन-चार दिन रानु अतिशय सावधान रहती। गनीमत इतनी ही थी कि साहब रानु का दुर्व्यवहार भूल जाते थे। और यदि कभी-कभार साहब के मुँह से

कुछ निकल भी जाता तो काउंसलेट को विश्वास न हो, रानु इसी की कोशिश में रहती।

फिर भी वे तीन-चार दिन रानु को चैन मिलता। खासकर यदि काउंसलेट की स्त्री आती, तब। वह हर दोपहर रानु को छुट्टी दे देती। रानु स्वतन्त्र होकर निकल जाती।

बहुत सारे लोग रानु को पहचानते। सभी जानते थे कि वहाँ फ्रेंच काउंसलेट आते हैं। बड़े व्यापारी वर्ग, पर्यटक विद्यार्थी वर्ग काउंसलेट से मिलवा देने के लिए रानु की खुशामद करते। बदले में रानु भी अपने काम निकलवाती।

रानु की मँझली बेटी क्लर्क थी। वह राँची के अस्पताल में बहाल हो गई। बड़ी बेटी देहरादून में नर्स थी। रानु की इच्छा थी कि वह भी राँची के अस्पताल में लग जाए। छोटी बेटी साइंस लेकर पढ़ रही थी। रानु उसे वहाँ के मेडिकल कॉलेज में पढ़ाना चाहती थी। बेटा बहुत दूर नेफा में था। रानु उसकी भी यहीं बदली कराना चाहती थी।

एक दिन, जिस दिन साहब मरेंगे, उस दिन यह मकान सम्पूर्ण रूप से रानु का हो जाएगा। नकदी भी मिलेगी। साहब ने कहा था, भारत सरकार यहाँ रखे रुपये फ्रांस भेजने की अनुमति नहीं देगी। साहब ने वह राशि यहाँ के लोगों को दे जाने का विचार प्रकट किया था। काउंसलेट की गवाही में।

यहाँ के लोग कौन थे—डॉक्टर, माली और क्लर्क। क्लर्क बड़ा चालाक था। जिन दिनों साहब किताब लिख रहे थे, उसे पूरी तनख्वाह मिलती थी। साहेब उदार प्रवृत्ति के हैं। क्लर्क को फ्रेंच भाषा का ज्ञान नहीं था। साहब का लिखा टाइप करता था। फिर भी साहब उसे करार से ज्यादा देते थे। अब उसका कोई काम नहीं था। फिर भी हर रविवार को पहुँच जाता। क्या ठिकाना, यदि साहब भूल जाएँ? सामने रहने पर याद आ जाएगा। अपने मन में बड़बड़ता रहता। साहब तो टोकते भी नहीं थे। पता नहीं, कितना सुनते हैं।

साहब दिन ब दिन गुमसुम होते चले जा रहे थे। रानु का बोलना बढ़ता जा रहा था। हिन्दी और नेपाली में—'हरामजादा फिरंगी! मेहतर से भी बदतर हालत बना दी मेरी। कुत्ते की तरह चाटना नहीं हुआ?'

साहब टुकुर-टुकुर ताकते रहते। 'कौए की जीभ घिसकर खिला दिया था माँ ने। इसी से नहीं मरता है।'

साहब अपराधी की तरह सुनते रहते।

'सभी मर जाएँगे। तुम जीते ही रहना। सब को चूसकर, गू में पड़े गन्धाते रहोगे।'

'श्राप मत दो।' साहब अंग्रेजी में बोलते।

'तो मरते क्यों नहीं हो?' रानु फिर से नेपाली बोलने लगती।

'मैं मरना चाहता हूँ।'

'मरना चाहता हूँ। घुर पीछे। कोशिश तक नहीं करेंगे गोबर के चोथ।'

रानु जोर से झमट-झमटकर साहब को धोती। कभी-कभी खूब गरम पानी ढाल देती। साहब किकियाने लगते।

'चुप! शटअप! न खाने का ठिकाना, न हगने की तमीज।'

साहब को धोते-धोते घिनघिना जाती रानु। अपनी देह से भी गन्ध आने लगती। खूब साबुन मल-मलकर नहाती। पाउडर लगाती, सिगरेट पीती। फिर भी खाने की इच्छा नहीं होती। तब तक साहब 'सूप-सूप' की टेर लगाते रहते।

'ये ले....ठूँऽऽस!' रानु दे देती। नहीं देती तो साहब और जोर से चिल्लाते। माली, चौकीदार सुन लेते।

काउंसलेट सपत्नी आए। एक नर्स रखने का विचार दिया। रानु डर गई। किसी ने कुछ कह-सुन तो नहीं दिया?

तब तक साहब नहीं, नहीं, अब कोई नहीं, कहकर रोने लगे। रानु की आँखों से भी आँसू गिरने लगे। वह साहब का सर सहलाने लगी। काउंसलेट दम्पत्ति ने विचार बदल दिया। डॉक्टर को रोज सुबह-शाम आकर देख जाने का निर्देश दे गए।

रानु सावधान हो गई। चार दिनों तक खुद को खूब संयत रखा। पाँचवें दिन गन्ध से छटपटा उठी। पूरा बिस्तर घिनाया हुआ था। रानु ने साहब के मुँह पर तमाचा जड़ने के लिए हाथ उठाया। हाथ रुक गया। साहब की आँखें निस्तेज थीं। उन्होंने क्या किया है, यह समझने लायक नहीं थे। रानु ने अपना हाथ साहब की नाक के पास रखा। साँस चल रही थी।

डॉक्टर आया। उनका भी वही विचार बना। फ्रेंच काउंसलेट को फोन गया। वे पहली उड़ान से आए। रानु की बेटी आई। क्लर्क आया। जिसने भी सुना, वह आया। साहब के गुरु लामा अब नहीं थे। उनके शिष्य गुरु भाई लामा के लिए हवाई जहाज भेजा गया। जापानी लामा अपने डंके पर चोट देता पाठ करने लगा।

'ना - मु - क्यो - हो - रेन - गे - क्यो -'

मन्त्र सुनते-सुनते साहब की साँस बन्द हो गई। काउंसलेट ने साहब की पलकें बन्द कर दी। दोनों आँखों पर अपने दो चुम्बन अंकित किए। लबोक साहब मर गए।

रानु को लगा जैसे उसके सर पर से एक बहुत बड़ा बोझ उतर गया। दूसरे ही क्षण साहब के प्रति किए गए अपने दुर्व्यवहार सिनेमा की रील की तरह घूमने लगे। आत्मा धिक्कार उठी—'इतने ही दिन की तो बात थी रानु, सह क्यों नहीं गई? साहब क्या जान-बूझकर वैसा करते थे? यह तो उनकी बीमारी थी। हे ईश्वर! तुमने मुझे विवेक क्यों नहीं दिया। तुम तो सर्वशक्तिमान हो। तब ऐसी बीमारी

साहब को क्यों दे दी? शक्तिमान मनुष्य ऐसा करेगा तो पापी कहलाएगा। और तुम? दुनिया चाहे जो कहे, मैं तुम्हें दयावान नहीं कहूँगी।'

रानु की आँखों से झर-झर आँसू झरते जा रहे थे। उसकी बेटी ने उसे अपने में भरते हुए कहा–'आँमा ! धीरज धरो।'

रानु की रुलाई और बढ़ गई। अपनी बेटी के कन्धे में सर घुसाकर अस्फुट स्वर में बोली–'निष्ठुर है। भगवान निष्ठुर है।'

आकांक्षा

जेठा आठवीं में था तो पढ़ाई छोड़कर काम में लग गया। सड़क के किनारे, दार्जिलिंग मेडिकल स्टोर के आगे अखबार की उठाऊ दुकान। चौराहे के लोगों को सुविधा हो गई। पहले बहुत दूर जाना पड़ता था एक अखबार के लिए। इतनी दूर जाकर जब अखबार नहीं मिलता तो निराशा होती।

चाहे कोई भी जगह हो, दार्जिलिंग में अखबार नियमित नहीं मिलता है। जेठा की दुकान में भी नहीं।

वजह चाहे जो भी, लेकिन अखबार यदि देरी से आया तो ग्राहक जेठा को बात सुनाते। जेठा कठमुस्की छोड़ता सब कुछ सहता। उसकी देखा-देखी जेठा का छोटा भाई मइला भी कठमुस्की छोड़ता। ग्राहकों को किसी भी हालत में नाराज नहीं कर सकते थे दोनों भाई।

मइला पढ़ने में औसत से तेज था। फिर भी परिवार चलाने के लिए उसे पढ़ाई छोड़नी पड़ी। अकेले जेठा सँभाल नहीं पाता था।

जेठा अखबार लाने जाता तो मइला दुकान पर बैठता। सारे अखबार आ जाते तो जेठा दुकान पर बैठता। मइला मॉल पर अखबार-पत्रिकाएँ फेरी लगाकर बेचता।

दोनों भाइयों में से कोई भी सोलह साल से ऊपर का नहीं था। फिर भी दायित्वबोध के कारण व्यवहार में कुशलता थी।

सबसे छोटा भाई कांछा दस साल का था। कांछा अभी स्कूल में पढ़ता था। दोनों भाइयों की इच्छा थी कि कांछा को अपने से ज्यादा पढाएँ। क्लास के बाद कांछा भी दुकान पर आ जाता। स्कूल का सबक वहीं बनाता। दोनों भाई यथासाध्य मदद करते।

अखबार समय पर नहीं मिलने से जब ग्राहक अपना गुस्सा झाड़ते तो कांछा से सहा नहीं जाता। वह बमक पड़ता–'अखबार नहीं आया तो इसमें दाजू का दोष कैसे हो गया? हड़ताल करने के लिए क्या दाजू ने कहा था? रास्ता क्या दाजू ने बन्द कर दिया?' आदि-आदि।

'चुप! चुप!' भाई कांछा के मुँह पर हाथ रख देते। ग्राहकों के छँटने के बाद समझाते—'तू अभी बच्चा है। पहले बड़ा तो हो जा।'

'बड़े होकर क्या?'

'बड़े होकर तू साहेब बन जाएगा। फटाफट अंग्रेजी बोलेगा। हम लोगों की तरह अखबार नहीं बेचेगा। तू अखबार खरीदकर पढ़ेगा।'

'नहीं, मैं भी अखबार बेचूँगा।'

'अच्छा, बेचना। घोष कम्पनी की तरह बड़ी सी दुकान होगी। अखबार, पत्रिका सबसे भरी हुई। पर अभी तो तू मन लगाकर पढ़।'

कांछा पढ़ने लगा।

एक डाक कर्मचारी की हत्या हो गई। पूरे इलाके के डाक कर्मचारियों ने हड़ताल कर दी। सभी डाकघर दो दिन बन्द रहे। उसकी सुबह बस दुर्घटना। अन्त में घँसाच का रास्ता बन्द।

पूरे पाँच दिनों के बाद अखबार पहुँचा। पिछले पाँचों दिन के गड्डर एक ही दिन। जेठा एक गड्डर लाकर पटकता और दूसरा लाने के लिए भागता। मइला तारीख नाम पढ़-पढ़कर करीने से लगाता। ग्राहकों की भीड़ से रास्ता जाम था। सभी अपने-अपने अखबार का नाम रट रहे थे। हर व्यक्ति दूसरे से पहले चाहता था। मइला सभी को सन्तुष्ट करने की जी-जान से कोशिश कर रहा था।

'स्टेट्समैन।' एक ग्राहक बोला।

'स्टेट्समैन, स्टेट्समैन....नहीं, अभी तक पहुँचा नहीं है।' मइला ने चारों ओर देखकर कहा। उसके पहले ही दूसरा, तीसरा, चौथा – सभी अपने-अपने अखबार का नाम ले-लेकर चिल्लाने लगे।

'हिमालचुली दे।'

'टेलीग्राफ दे।'

'हाँ, ये लीजिए टेलीग्राफ। आपको 'हाम्रोखबर' चाहिए न? जी, आ गया है। लीजिए। 'एशियन न्यूज' लीजिए।'

'एशियन न्यूज' किसे चाहिए?

'हिमालचुली।'

'टेलीग्राफ।'

'टेलीग्राफ? जी, ये लीजिए। क्या? पाँच दिनों का नहीं लेंगे? लेकिन, मुझे तो पूरे महीने का दाम पहले ही देना पड़ता है।'

'हिमालचुली दे।'

'इतना नुकसान?' मइला गिड़गिड़ाने लगा।

'नुकसान का दोषी मैं नहीं हूँ।' ग्राहक बोला।

'पहले हिमालचुली...'

'अरे, वो रहा ट्रिब्यून। मैं तबसे खड़ा हूँ और तू ट्रिब्यून छुपा कर बैठा है।'

'हिमालचुली...'

'नहीं, नहीं, छुपाकर नहीं रखा था। दिखाई नहीं पड़ा।'

'बदमाश।'

'हे, ये लीजिए, 'ट्रिब्यून।'

'ये पाँच-पाँच लेकर मैं क्या करूँगा?'

'हिमालचुली...'

'आप तो पूरे माह के ग्राहक हैं न!'

'सो तो तूने ही कहा कि एक महीने का पैसा एक साथ देने पर सुविधा होगी।'

'हिमालचुली...'

'मुझे एक साथ ही देना पड़ता है।'

'तो इसके लिए मैं क्या करूँ? ये कोई किताब तो है नहीं कि खरीदकर रख लें और धीरे-धीरे पढ़ते रहें। बस, केवल आज का अखबार दे। मैंने नोट कर लिया है। चार दिन का नागा।'

मइला जब तक कुछ बोले, हिमालचुली का ग्राहक बिगड़ उठा। चिल्लाकर बोला—'मैं तबसे हिमालचुली माँग रहा हूँ और तू तबसे अनठिया (अनदेखा अनसुना करना) रहा है?'

'नहीं, नहीं। हिमालचुली...हिमालचुली...अभी तक नहीं आया है।'

'तो कह देने से क्या पहाड़ टूट जाता? बदमाश।'

और हिमालचुली के ग्राहक ने थप्पड़ उठाया। मइला को नहीं लगा। उसने सर झुका लिया। ग्राहक का गुस्सा और बढ़ गया। उसने एक हाथ से मइला का कन्धा पकड़कर दूसरे हाथ का थप्पड़ उठाया। लोगों ने हाथ पकड़ लिया। एक ने कहा—'जाने दीजिए। बच्चा है।'

'बच्चा है तो घर जाए न! माँ का दूध पिए। चोट्टा... शैतान... कामचोर...'

ग्राहक गालियाँ बकता हुआ चला गया। लोग-बाग भी नरम पड़ गए। सभी अपना-अपना अखबार चुनकर मइला को पैसे देकर जाने लगे। मइला विनम्र भाव से सबको धन्यवाद कहता जाता।

कांछा अवाक् होकर सब कुछ देख रहा था। भीड़ छँटी तो मइला ने पूछा—'मैं बड़ा हो जाऊँगा तो मेरे हाथ भी बड़े हो जाएँगे न?'

'हाँ।'

'तब मैं सभी को खूब जोर का बड़ा सा थप्पड़ मारूँगा। हर एक को चुन-चुनकर।'

वीआईपी

वृक्ष संरक्षण पुरस्कार के लिए मनीकुमार का नाम लिखा गया तो किसी को कोई आपत्ति नहीं हुई। इतने विलम्ब से मान्यता मिली, इसी का खेद था विभाग के लोगों को।

मनीकुमार की माँ वन विभाग में अस्थायी कर्मी थीं। मनीकुमार छुटपन से ही रोपनी-निरौनी में माँ का हाथ बँटाता, निःशुल्क। माँ अनेक पेड़-पौधे, लता आदि के साथ उसके भाई-बहन का सम्बन्ध जोड़ देती।

नियम-कानून बदले तो माँ की नौकरी स्थायी कर देने का प्रस्ताव मिला। माँ ने नौकरी नहीं ली। बदले में अपने बेटे को स्थायी नौकरी देने की सिफारिश की। सिफारिश मंजूर हो गई।

माँ जब तक जीवित रहीं, वन-विभाग जाती ही रही। जो काम पड़ता, कर देती। निःशुल्क। बेटा अपने लगाए पेड़-पौधे, लता-फूल के साथ माँ के पोते-पोतियों के सम्बन्ध जोड़ देता। विभाग के लोगों के लिए यह बहुत बड़ी बात थी।

अब हर साल वार्षिक समारोह होता। समारोह में पुरस्कार मिलते। नृत्य, संगीत, नाटक, जलपान, चाय-पान के बाद समारोह सम्पन्न होता। बाहर से विशिष्ट गणमान्य आते। उन लोगों को पेड़-पौधे चित्रित निमन्त्रण पत्र भेजे जाते। सबसे अगली पंक्ति में बैठने को मिलता।

मनीकुमार इतःस्तुत करता हुआ साहेब के ऑफिस पहुँचा। नमस्कार करके विनम्र स्वर में बोला—'सर! एक निमन्त्रण-पत्र मैं भी भेज सकता हूँ?'

'तुम तो विभाग के आदमी हो। तुम्हारा पूरा परिवार आएगा, खाएगा, पियेगा। तुम्हें तो पता ही है।'

'हुजूर! मगर मुझे एक वीआईपी कारड चाहिए था।'

'किसके लिए?

'एक किशोर को वीआईपी की कुर्सी पर बैठा देखना चाहता हूँ हुजूर। उसका नाम है – जीवन तमांग। गाँधी स्कूल में आठवीं क्लास में पढ़ता है।'

'माँ-बाप?'

'माँ तो हमारे घर के पास ही रहती है। बाप पानदाङ चाय बागान में उठौवा काम करता है।'

'कोई स्थायी पता नहीं है?'

'नहीं सर। मगर जीवन तमांग कक्षा आठ, गाँधी स्कूल लिखने से हो जाएगा सर। मैं ही दे दूँगा और हमारे परिवार के साथ वह आ जाएगा।'

'उसे वीआईपी कुर्सी देने का कोई विशेष कारण?'

'हुजूर! यह बच्चा अन्धा था। पाँच या छह साल का था, जब मेरी माँ गुजर गई। मेरी माँ की आँख उसे ही मिली है सर!'

□□